여기는 루퐁이네

벌써
세 번째 책이야!

To. 즐거운 집사 생활을 꿈꾸는

______________________ 에게

From. 루디&퐁키

여기는 루퐁이네

러블리 포메라니안 자매의 흙 맛나는 일상 속으로 출발!

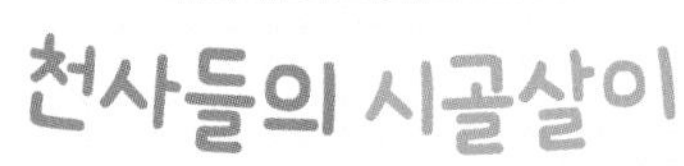

천사들의 시골살이

Prologue

랜선 집사님들, 귀염뽀짝 루퐁이가
시골 댕댕이로 돌아왔어요!

큰 시골 개는 (흙)메이크업 하고 우아하게!
(내가 알던 그분은 어디에?)

작은 시골 개 퐁키

작은 시골 개는 (흙)신발 신고 위풍당당!
(어디서나 당당하게 걷기~)

자연의 소리가 가득한 리얼 시골에서
루퐁이는 어떤 하루를 보낼까요?

한적한 시골에서 여유를 즐기는
루퐁이의 일상을 소개합니다.

루퐁이 시골 라이프 1.
왠지 모르겠는데 무지 바쁘다.

밭으로 가는 건 일상~

다리 길이에 비해
속도가 빠른 건 안 비밀!

루퐁이 시골 라이프 2.
멀리 떨어져 있어도 하얘서 잘 보인다.

루디는 저 멀리에~~

숨은(?) 퐁키 찾기~

루퐁이 시골 라이프 3.
구수한 흙냄새를 맡으면서 힐링한다.

흙 범벅에 꼬질한 건 일상!

강아지도 흙을 밟고 다녀야
건강에 좋다고 하잖아요?

늘 신나게 놀고 뻗어 버리는 루디와 퐁키.
그래서 시골 생활이 너무너무 즐거워요.

랜선 집사님들도 아시죠? 잘 놀아서 피곤한
강아지가 행복한 강아지라는 사실을요.

To. 루퐁이를 사랑하는 랜선 집사님들

안녕하세요. 루퐁이 엄마예요.
〈여기는 루퐁이네: 안녕? 천사들〉 그리고 〈여기는 루퐁이네: 귀염뽀짝 탐구 생활〉 책을 많이 사랑해 주신 덕에, 세 번째 책인 〈여기는 루퐁이네: 천사들의 시골살이〉로 다시 인사드리게 되었어요. 루퐁이에게 응원과 사랑을 보내 주신 모든 분들께 진심으로 감사드려요.

작년 저희 가족은 여러모로 행복한 한 해를 보낼 수 있었어요. 그중에서도 시골로 이사를 온 게 가장 큰 행복이 아닐까 해요. 루퐁이를 위해 도시를 떠나 전원생활을 시작하였고, 매일매일 흙을 밟으며 자연 속에서 뛰어논 덕분에 루퐁이의 건강도 훨씬 좋아졌어요. :)

집을 직접 짓는다는 게 쉬운 일이 아니더라고요. 그땐 너무 힘들었지만 도시에서 생활할 때와 많이 달라진 루퐁이의 모습에 그동안 힘들었던 일들을 잊을 수 있었어요. 시골 생활에 잘 적응해 준 루퐁이를 보며 이사 오길 잘했다는 생각이 들어요. 저희 가족의 새로운 보금자리는 매일 조금씩 행복한 추억들로 채워지고 있답니다.

이번 책에는 시골에서의 루퐁이의 소소한 일상과 힐링하며 다녀온 여행 이야기들을 담았어요. 저희 가족이 전원생활을 시작하며 느꼈던 행복했던 감정을 이 책을 보시는 여러분들도 함께 느끼며 즐겁게 읽어 주셨으면 해요. 푸르른 자연 속에서 더욱 튼튼하게 성장한 루퐁이의 모습을 이전 책들과 비교하는 재미도 더해 보시면 좋을 것 같아요.

항상 루퐁이에게 많은 사랑을 주셔서 감사드립니다. 앞으로의 시골에서의 즐거운 일상도 많은 응원 부탁드릴게요. 끝으로, 함께 책을 만들어 간 루퐁이에게도 고마움을 전해 봅니다.
항상 건강하고 행복하자, 사랑하는 우리 가족 :)

From. 루퐁맘

매일매일 웃음 넘치는 천사들의
시골 생활이 궁금하지 않나요?

루퐁이네 시골 이야기,
바로 시작할게요!

★등장 동물★

루디(RUDY)

포메라니안 암컷

체중 3.8kg

2015년 3월 10일 생

쌈바요정이라 불리는 의젓한 첫째 강아지

퐁키(PONGKI)

포메라니안 암컷

체중 1.4kg

2015년 5월 28일 생

욹욹쟁이라 불리는 발랄한 둘째 강아지

★차례★

Chapter 1 루퐁이 시골에 놀러 왔어요

Chapter 2 우리 이제 시골에 살아요

★ Chapter 1 ★

루퐁이 시골에 놀러 왔어요

시골에 놀러 와서 신나게 뛰었어요

시골에서도 여전한 퐁사인볼트♥

퐁사인볼트의 얌전한 주차 실력!

사실은 이날 추울 것 같아서 퐁키 옷을 챙겨 왔는데,
안에 입을 티셔츠를 깜빡했지 뭐예요.
언니,
뭐하냐옭?
기웃
기웃
궁금한 게 많은 루디씨
궁금
신기
뛰놀며 스트레스 푸는
루디와 퐁키
쿵
쿵
호이짜
할머니 집 넓은 앞마당에서
신나게 뛰어놀아요.
퐁키야~!
내가
간다옭!
쌔
앵
씨익~
언제부터
이렇게 빠른
강아지였어?
후~.
불렀는데 쉽게 와서
당황한 엄마
혼자 잘 뛺
갈 때는 쿨하게

우다다
갸우뚱?
까까 타임
아닌감?
폼키가 눈치 따위 보지 않고 인정사정없이 놀 때,
루디도 넓은 곳에서 마음껏 뛰어다녔어요.

폼키,
이리 와!
후다닥
헥
헥
오늘은 좀처럼
쉬지 않고 뛰는 폼키
마이웨이 폼키
이 정도면 산책 후에 잠들어도
인정해야겠죠?

나 불렀슈?
노는데!
왉!
오왉!
왉!!
왜
불러어!
왉!!

루디씨는 이모랑 잘 놀다가도 까까 주는 것 같으면
냉큼 달려와요. 까까 먹을 때는 세상 얌전한 루퐁이예요.

이모~,
같이 가!
들어갈 때도 잽싸게
이모 따라가는 루디씨
루디는 산책 끝! 과연 퐁키는…?

퐁키도 그만 놀고
루디 언니 따라
집에 가자.
?
벌써?
욹!!
더 놀 거야!
알았어~.
퐁키야,
진정해! ㅋㅋ

어슬렁
어슬렁
우리 집 막내는 아직도 체력이 짱짱해요.
퐁키의 시골길 탐방은 계속되는데….

너무 추워지는데
이제 갈까?
아직 더
놀고 싶다옹.
꾸벅
꾸벅
퐁키, 살짝
졸린 것 같은데?
아닌데….
들어갈까?
싫어?
내일 또 놀자~.
퐁무룩
힝….
스르륵
나는 졸리지
않….
들어가기 싫다더니
순식간에 잠든 퐁키
쿨쿨
그렇게
날아다녔으니
피곤할 만도
하지.
곤히 자도
너무 곤히 자는….
꿀맛 같은 낮잠
역시 피곤한 개가
가장 행복한 개
집까지
안전하게
모십니다~.

다음 날,
루퐁이 사진 찍는 중
미모 뿜뿜
졸음 가득
아가들~,
엄마 한 번
보세요!
퐁키~,
눈 뜨세요!
눈이 잘
안 떠진다옹.
찰칵

찰칵
미 모
뿜 뿜
루디야! 아이고,
이뽀~♥
얌전히 있는 착한 루디씨 덕분에
사진 촬영이 수월했어요.
귀여움 한 스푼 추가!
퐁키야,
협조 좀 해 줘.
부릅
찰칵
우리 퐁키도
잘했어!
퐁키도 졸린 걸 잘 참았어요.
이렇게 퐁키 사진도 완성!^^

1. 시골에서의 즐거운 하루
루퐁이가 오랜만에 할머니네 집에서 신나게 뛰어놀았어.
헤헤 헷
신난다옭!
헤 헷
이모랑 갈래!
난 안 가!
퐁키야, 우리도 루디 언니 따라 집에 가자. 어?
루디는 실컷 놀다가 이모랑 집에 갔는데 퐁키는 한참을 더 놀았네.
넘 뛰어놀았더니 피곤….
퐁키~, 눈 뜨세요!
찰칵
다음 날 루퐁이 사진을 찍어 주려고 했는데 퐁키가 눈을 못 뜨더라고 ㅋㅋ
루퐁이가 즐거운 시간을 보낸 것 같아서 엄마도 기분 최고!

계곡으로 휴가를 왔어요
-상 편-

점점 깊어지는데
용감하게 전진?
엄마의 착각
계곡 물이 깊어 돌아가는 퐁키
성큼
성큼
오? 퐁키!
엄마랑 갈 거야?
안 되겠당~.
휙
아니야?

계곡에 온 김에 루퐁이 사진도
예쁘게 찍어 주려고요.
퐁키! 까꿍!
불쑥
시큰둥
루디!
귀차나….

루디야?
이모 온대~.
읅!
읅!
이모?
루디 까까
사서 오고 있대~.
오디? 오디?
두리번
두리번
사진에 관심 없는 루디에게 특효약은
"이모 온대~."라고 말하는 거예요.
그런데 역효과인가 봐요.
계곡 입구 쪽만 쳐다보네요. ㅎㅎㅎ

사진 잘 찍고 난 뒤,
루퐁이 간식 타임
우족
우족
아가들, 맛있게 먹고 있어.
엄마가 다슬기 많이 잡아 올게.
졸 졸 졸
퐁키, 어디 가?
퐁키야~, 우족 먹고 있어.
따라오지 말고.
자기 놓고 어디 갈까 봐
우족도 내팽개치고 따라왔어요.
퐁키를 간식 먹던 곳에 데려다줬어요.
퐁무룩
읏차!
이게 모징?
얼른 우족 먹어. 엄마 또 잡아 올게.
다슬기 먹지 말고~.
쿵
쿵
다슬기
못 먹는 거?
퐁키는 우족보다 엄마가 잡은 다슬기에
관심을 보였어요.
다슬기는 못 먹을 거라는 걸 알아서
바로 포기하는 똑똑이 퐁키예요.

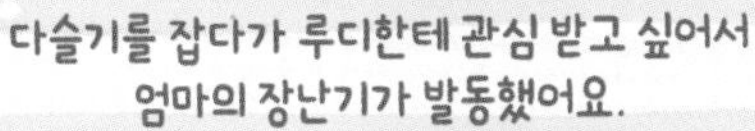

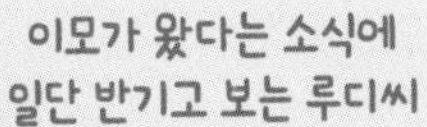

여행 내내 사람을 못 만나서
루디가 사람이 많이 그리웠나 봐요.

이모를 너무 애타게 찾아서
루디에게 장난친 게 미안해졌어요.
이모오~!
애잔~
루무룩
루디야, 이모
그만 기다려.
이제
집에 가자.
퐁키,
못 타겠어?
할 뚜 이떠!
빠안
폴짝
와아! 퐁키
탑승 완료!

이제 출발!
숙소로 가자~.
이모….
둥실~
루퐁이
오리 배 타고 출발
이 와중에 이모 찾는
루디
사실은 이날 진짜 이모가 숙소에서
루디씨를 기다리고 있었답니다.

2. 루디씨의 이모증후군
더운 날씨를 피해서 우리 가족 모두 계곡으로 놀러왔어.
이모오~? 오디? 오디?
두리번
루디야, 이모다! 이모!
루디에게 관심 받고 싶어서 루디 특효약인 "이모"이야기를 했어.
이모! 나 여기 있어.
언니 속은 거 가튼데?
그랬더니 이모를 너무 애타게 찾는 거야~. 이모가 정말 보고 싶었나 봐.
우리 이제 가자!
힝~
그래도 이모보다 엄마를 더 사랑하지? 루디씨, 사랑해♥

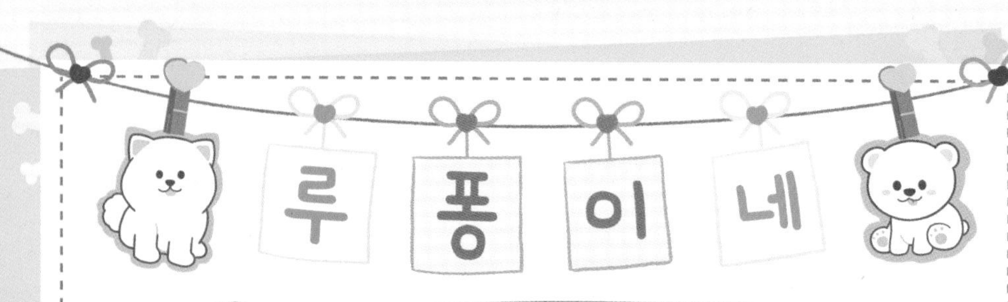

계곡으로 휴가를 왔어요

-하 편-

전에 포일 없이 그냥 구웠더니 망했어요.
이번에는 성공해서 루퐁이랑 맛있게 먹을 거예요!
타닥
타닥
포일에 고구마 감싸기

퐁키야? 얼굴이 왜 까매졌어?
어느새 까매진 퐁키 얼굴
거뭇
거뭇

잠시 뒤
두둥
ㅋㅋㅋ
하하! 하하하~!
퐁키둥절 얼굴에 웃음 발사 ㅋㅋ
뒤적
뒤적
숯 봉지 뒤적거리는 퐁키 발견
숯 먹방 시도
왜 웃는 고야?
퐁키야, 뭐 먹어?
퐁키~, 눈썹 예쁘게 그렸네?

기다리다 조는 퐁키
고구마 온제 머거?
꾸벅
꾸벅
쿵
쿵
루디야, 맛있는 냄새 나?
군고구마 냄새네. 그치?
솔솔 풍기는 달달한 냄새에 루디씨는 킁킁킁~
이 냄새는?!
초롱
달달~
군고구마 냄새에 눈을 번쩍 뜬 퐁키
초롱
퐁키, 우리 군고구마 먹을까?
기다리던 고구마가 이제 다 구워졌어요.
꿀꺽
꿀꺽
언제 줄 건데!?
아뜨! 아뜨!
왈! 왈!
하지만 아직 뜨거워서 조금 더 기다려야 할 것 같아요.

노릇 노릇
루디야,
우리 루디가 좋아하는
군고구마야!
맛난 냄새~!
킁 킁
목 빠지게 기다리던
군고구마는 과연?
오늘은 성공
고구마
뚫어지겠네.
덥석
완 전
기 대
여러분~, 고구마
좀 보세요!
달달한 군고구마를 대하는 태도
퐁키는 대흥분
루디는 우아하게 한입씩
언니 안 먹으면
다 내 꺼!
와구
와구
완전
꿀맛
우아하신 분은 통째로는 안 먹겠대요.
루디는 조금씩 뜯어서 줘야 해요.

퐁키는 아쉬운지 고구마를 애절하게 쳐다봐요.
그 모습에 엄마 마음이 약해지고 말았네요.

루퐁이의 이번 휴가는 달콤하게 막을 내렸습니다.

3. 숯검정 눈썹이 생긴 퐁키
깨발랄 퐁키는 오늘도 한 건 했어.
덕분에 엄마의 웃음이 끊이질 않네.
퐁키야? 얼굴이 어떻게 된 거야?
진한 눈썹이 갖고 싶었어? ㅋㅋ
거뭇
거뭇
얼굴? 눈썹?
여기서 고구마 냄새가 나는 것 같은데?
뒤적
뒤적
엄마는 왜 자꾸 웃는 거야?
알고 보니 숯 봉지에 얼굴을 넣어서
진한 눈썹이 생겼지 뭐야.
이래도 저래도 귀여운 퐁키.
뭐든 어울리는 강아지라니까~.

바다에서
낯선 강아지를 만났어요

떠돌이 강아지인지 귀와 온몸에
진드기가 잔뜩 붙어 있었어요.
넌 이름이
뭐야?
순둥
순둥
아구~
잘생겼다!

진드기 때문에 몸을 계속 긁었는지
몸에 상처도 많더라고요.
안녕?
누구냐옹?

엄마!
얘는…?
안녕~.
그래서 낯선 강아지 몸에 붙어 있는
진드기를 떼어 줬어요.

숙소 주인분께 여쭈니 이름 없는 강아지라고
하셔서 흰둥이라고 부르기로 했어요.
흰둥?
어디 가?
킁온
킁온~
따라와!
따라오라는 듯 가다 멈추고
쳐다보길 반복하는 흰둥이
그렇게 흰둥이를 뒤따라가 보니!!

근처에 있는 바다 도착
친절한 흰둥씨
짜 잔!
아! 여기가
바다야~?
뭐야,
통행료 내?
털
썩
길목을 막고 있는 중
진드기 떼어 준 게 고마워서 바다로 안내했나 봐요.
데려다주고는 쿨하게
볼일 보러 고고!
휙
흰둥아,
고마워.
출렁~
출렁~
??
우리 두고
어디 가지?
쟤 되게
쿨하다~?
숙소에서 바다까지 어떻게 가는지 몰랐는데
흰둥이 덕분에 바다를 볼 수 있었어요.
시원한 바닷바람에
기분이 좋은 루디씨
신남
신남
피곤해진 퐁키
급피곤~

가려고 하니 어느새
나타난 흰둥이
너는 길잡이 요정
다 놀았어?
흰둥아,
우리 집에 갈 거야.
데려다줘.
나 엄청
길치야.
알고 보니 돌아가고 싶었던
루디
이쪽이야!
루디가
알려 주는 거야?

쿨쿨zz
피곤해 보여서 안아 줬더니
그새 잠든 퐁키

돌아갈 때도 앞장서서 가는 흰둥이 뒤를
졸졸졸 따라갔어요.
잘 따라가고
있어.
우리가 잘 오고 있는지
자꾸 뒤돌아보는 흰둥이
일어났어?
잘 잤어?
도착했움?
번쩍
낯선 곳에서 길잡이 요정을
만나 든든해요.

다음 날, 기다렸다는 듯 나타난 너
길잡이 요정 등장
쌔앵
얘들아, 놀자!
호이짜
오늘도 바다에 데려다줄 거지?
쿵 쿵
훗, 나만 믿어!

친구도 알뜰살뜰 챙기는 착한 흰둥이
너 왜 이렇게 늦게 왔어?
빨리빨리 와야지.
쿵 쿵
주변에 볼거리가 많아서 속도가 조금 느린 루퐁이

둘째 날도 흰둥이 덕분에 무사히 바다에 도착했어요.
우왕! 바다다!
헤헷

바다가 익숙해졌는지 많이 용감해졌어요.
루디야,
얼른 와~.
옳지! 루디
왔어?
엄마,
나 불렀어?
저기
들어가지 마.
아가~.
모래 위에서 마음껏
뛰노는 루디
루디씨 기분 최고
같이 놀고 싶은 흰둥
또 피곤해진 퐁키
쌔앵
폴짝
폴짝
흰둥아, 우리
가야 해.
내일 또 놀자.
이대로 돌아가기
아쉬운 듯
더 놀고
싶은데….
ㅋㅋㅋ
흰둥이랑 더 놀고 싶었는데 퐁키가 추워하고
피곤해해서 숙소로 돌아왔어요.
바다만 오면 피곤해지는 분
덜
덜
덜
쌔근
z z
z z
쌔근
오늘도 흰둥이가 숙소까지 데려다줬어요.

다음 날, 조금 늦게 일어났는데
흰둥이가 문 앞에서 기다리고 있어요.
잘 잤어?
언제 왔어?
늦잠 잤어?
기다렸잖아~.
흰둥아, 우리
바다에 데려다줘.
가자!

루퐁이는 아침 바닷가 산책이 끝나고
휴식 중이에요.
똑똑!
뭐 해?
올 올!!
흰둥~.
휴식 시간에 숙소까지
찾아온 흰둥이
애교 많은 흰둥이에게
푹 빠져버린 루퐁맘
긁 긁
흰둥아~♥
우연히 바다 근처 펜션 주인분을 만났는데
흰둥이는 원래 손님이 오면 바다에 데려다준대요.

집에 갈 시간
길잡이 강아지
사람이 좋은 흰둥
더 놀고
싶은데….
다음에 또
만나요!
ㅠ^ㅠ
흰둥아,
우리 진짜 가.
잘 지내~.
여기 있는 동안
고마웠어! ♥♥
대반전이 있어요! 진드기 떼어 준 게 고마워서 바다에
데려다준 줄 알았는데 알고 보니 흰둥이는 보호자가 있는
이 동네 길잡이 강아지였더라고요!

4. 낯선 길잡이에게 빠진 루퐁맘

바닷가 마을에서 착하고 순한 길잡이 요정을 만났어. 오늘부터 네 이름은 흰둥이야!

길을 잘 몰랐는데 흰둥이 덕분에 바다에 가서 놀 수 있었어.

루디씨는 시원한 바람에 기분이 좋은지 모래 위를 신나게 달렸어.

한참을 논 뒤, 퐁키가 피곤해하길래 흰둥이와 함께 숙소로 갔어. 길잡이 요정 흰둥아, 고마워.

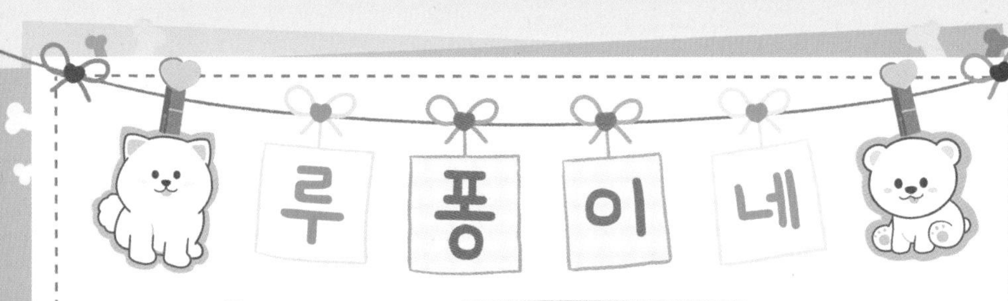

루퐁이도 갯벌은 처음이에요

갯벌을 처음 밟는 루디는 마냥 신났어요.

퐁키는 꼬리까지 숨기고 무서워해요.
안아 달라고 계속 엄마만 따라다녔어요.
퐁키야, 낯설어?
이게 무슨 일이지?
얼음
땡!
퐁키! 엄마 조개 좀 잡아 줘.
조개?!
잠시 뒤
퐁키! 너무 용감해.
퐁키야~, 왜 계속 놀아?
엄마 바지락 잡아 줘야지!
오늘의 메뉴는
바지락 칼국수
바지락 찾기
장화 신은 퐁키
어슬렁
어슬렁
흠~, 바다 냄새~. 좋다!
좋긴 좋네.
쿵
쿵
마침내 적응했는지 바람도 느끼는 퐁키예요.
발만 보면 거의 작업반장

바지락 어딨어?
킁
킁
힝~, 못 건너겠어.
용기를 내!
철푸덕
작은 물길 앞에 작아진 루디씨
아니야. 앉는 거 아니야!
엄마는 계속해서 까까와 옳지 공격 중
물길 탐색하는 루디
드디어 건너기 성공!
옳지!
주춤
주춤
루디, 할 수 있어!
옳지!
까까 먹을까? 까까~?
폴짝
오늘도 역시 퐁키는 세상 모르고 잠에 빠졌어요.
꾸벅 꾸벅
퐁키, 안아 줄?
쿨
쿨쿨
어르신~, 여기서 주무시면 안 돼요.

폼키는 엄청 집에 가고 싶은가 봐요.
폼키야, 집에 갈 거야?
갯벌은 이제 그만.
어디 가고 싶을 때 가방 타는 분 ㅋㅋㅋ

조개 담을 가방에 냉큼 들어가 버렸어요.
나올 생각은커녕 더 안으로 들어가요.
쏙~
너무 가고 싶어?

그럼 집에 가자!
월척~
조개 대신 폼키를 잡았어요!

집에 간다는 소식 들은 루디
지금 갈 거야?
후다닥
가기 전에 바닷물에 발 씻고 가야지.
철썩
철썩

천연 머드 팩 자랑 중인
퐁키 발
거뭇
거뭇
퐁키도 발 씻고
가자.
바닷물!
퐁키!!
할짝
아이, 짜!
우웩! 짜!
역시 한시도 눈을 뗄 수 없는 퐁키.
꼭 붙잡고 발을 씻겨 줍니다.
잠방
잠방
가자!
헤헷~
결국 이날 칼국수는 그냥 사 먹었네요.

지그시~
아쉬운 마음에 바다를
눈에 가득 담고 출발!

5. 용맹한 겁쟁이에게 갯벌이란?
루퐁이가 갯벌은 처음이었는데
루디는 넘 잘 놀더라고~.
여기는 부드럽네?
폭신
폭신
얼음
퐁키는 갯벌에 발이 빠지는 게
무서웠나 봐. 어째 반응이… ㅜ
퐁키야, 엄마 조개 잡아 줘.
땡!
조개?!
이제 잘 있나 싶었는데,
결국 퐁키는 조개 잡이도 포기!
퐁키야, 우리 발 씻고 집에 가자.
응! 갈래.
퐁키에게 갯벌은 천연 머드 팩으로
만족해야 하나 봐.

6화

시골 한 달 살이를 시작했어요 -상 편-

루디 퐁키

루퐁이는 시골에 도착하자마자
탐색하고 영역 표시하느라 바빠요.

볼일 다 봤으니 진짜 집에 가겠다고
대문 앞에서 서성거려요.
우리 집순이들
집에 가고 싶어?
집에 언제
가지?
대문 앞에 앉아서
시위 중
소문난 집순이
모르쇠 ~
여기다가 쉬 잔뜩
하고 도망가는
거야?
루디는 여기
좋지?
좋긴 한데,
이제 집 가자.

퐁키, 우리 이제
집에 못 가.
우리 여기에서
살 거야.
그건 곤란한데…
어뜩카지…?

집에
갈 거야?
웅!
집 가자!
왜 저랭?
찡
찡
짐 정리하는데 집순이 퐁키는
이미 가방 탑승 중이에요.
못 가!
우리 여기서
살아야 해.
루디 언니랑
엄마랑 행복하게
살자.
정색
퐁키
집 갈래….
간절한 눈빛 발사
그럼 퐁키 가방
타~. 자꾸 엄마
가방 타지 말고.
마당 있는 집이라 엄청 좋아할 줄
알았는데 아직 낯선가 봐요.

퐁키 거 타라고
했다고 진짜
탄 거야?
그거 타도
집에 못 가.
지입….
루퐁이
가방
퐁키야, 이제
그만 타고 짐
정리하자.

짐 정리하기
루퐁이 필수템들
앙~
여기 루디 거!
루디 친구 곰곰이
퐁키 방석이야?
이리 와. 엄마가 펴 줄게.
여행 다닐 때마다 방석과 이불을 가지고 다녀요.
루퐁이가 새로운 환경에 적응하는데 도움을 주는 것 같아요.
이제 우리 집 같아?
세상
얌전
내 집 같은 편안함~

나머지 짐 가지러 잠시 나갔다 왔는데,
엄마가 없어서 불안했는지 퐁키 꼬리에 힘이 없어요.
??
추욱
??
우리 아기 궁둥이 왜 그래? 꼬리 무슨 일이야.
꼬리 기운 내! 옳지!
스윽

맘마 금방 해 줄게.
우리 아가들~.
보글
보글
조금만
기다리자.
오늘 맘마는 루퐁이가
엄청 좋아하는 닭죽
루퐁이 시선 고정
루퐁이가 애타게 쳐다보고 있어서
뒤통수가 따가웠어요.
꼴깍
엄마,
멀었어?
맘마
먹을까?
꼬륵
옭!
옭!
먹자!
먹자!
배고픈지 집 생각이 싹 사라진
(전)집순이들
꼬기♥
꿀맛♥
냠냠
옴뇸뇸
이번에도 엄마표 닭죽 성공!
퐁키는 그릇을 뚫을 것처럼 핥더라고요.

맘마 시간이 끝난 뒤, 밖에서 소리가 들렸어요.
루디씨는 혹시나 누가 올까 기대하는 것 같아요.
루디야, 누가 온대?
밖에서 무슨 소리가 난 거 같은데….
빠안~
누가 올까 화가 난 퐁키
왈! 왈!
왜 화났어?
퐁키야, 누가 온대?
오기만 해! 혼쭐난다! 오지 마!
왈! 왈!
집에 가고 싶다던 강아지 어디 가고
이제는 시골 집을 지키네요.
퐁키야~, 우리 여기서 오래오래 사는 건 어때?
그르… 까?
진짜? 이제 집에 안 가도 되는 거야?
…집? 퐁키 집 갈 거야!
왈! 왈!

루퐁이 시골살이
완벽 적응
바다도 보고 즐겁게
지내는 중
철썩
바다 냄새
좋다~.
철썩

피곤한 퐁키
꾸벅
꾸벅
졸려? 이제
피곤해?
어느덧 시골살이 마지막 날이 되었어요.
마지막까지 야무지게 놀았네요.
쿨쿨
비 맞으면서 꿀잠

루디씨는 아쉬운지 발길이 떨어지지 않나 봐요.
아쉽지만 이번 시골살이는 여기까지!
루디! 이제
집에 가자.
아쉽다~.
퐁
퐁
퐁
얘들아, 시골살이
재밌었지?
다음에는 또 어디로
갈까~?

6. 시골 집 지키는 루퐁이
루퐁이가 좋아할 줄 알고 온 시골 집인데, 엄마의 착각이었나?
다 놀았으니까 집에 갈래.
어? 우리 집에 못 가는데…?
엄마, 가자아~.
그거 이동 가방 아니야.
우리 여기에서 행복하게 살자.
집에 가자고 엄마 가방에 탄 퐁키. 그렇다면 엄마는 이걸 준비하지.
꼬기네!
맘마!
루퐁잘알 엄마의 선택은 맘마. 루퐁이는 맘마 먹더니 시골 집에 적응했어.
옭!
우띠, 우리 집에 오지 마! 혼내 준다!
옭!
적응 끝난 퐁키는 이제 집 지킨다며 나서는 거 있지? 그래, 우리 시골에서 재미있게 놀다 가자.

루퐁이네
7화
시골 한 달 살이를 시작했어요
-하 편-
루디
퐁키
루디 얼굴을 보니 아침부터 바빴나 봐요.
아이고오~ㅋ
루디야~ㅋ
갸우뚱?
엄마
왜 웃지?
??
루퐁이네 시골 체험
비하인드 스토리
루디씨의 새로운 모습
루디씨는 시골살이가 적성에 맞나 봐요.
루디야,
뭐 했어?
쪼기서
놀았는뎅…
이른 아침부터 흙샤워한
루디씨
거뭇
거뭇
루디는 너구리가
꿈이었어?
엄마
몰랐네~.
검댕이 좀 묻혀
줄 걸 그랬네.

루디는 평소 산책하고 오면
발 닦아 주기 전까지 집 현관에서 기다려요.

과연 루디는 이곳에서 어떻게 할까요?

엄마,
나 불렀어?
정
지
역시 배우신 분!
낯선 집이지만 발 닦아 주기 전까지 들어오지 않아요.
꼬질
꼬질
검댕이 좀 닦고
놀자. 알았지?
얼굴만 닦고
가자.
이게 뭐야~.
벅벅
벅벅
우아하신 분인데….
이 정도면
씻어야 하는 거
아니야?
벅벅
벅벅
열심히 벅벅 닦아드림!

깔끔
깔끔
와아!
예뻐졌네.
이제
가서 놀아.

그냥 막 들어오는 퐁키에게
발 닦고 들어오라고 장난쳤어요.
퐁키도 발 닦고
들어와야지!
왜?
지금 뒤에
줄 서 있어요~.
자유로운 영혼 퐁키
발 더러워도
신경 안 씀

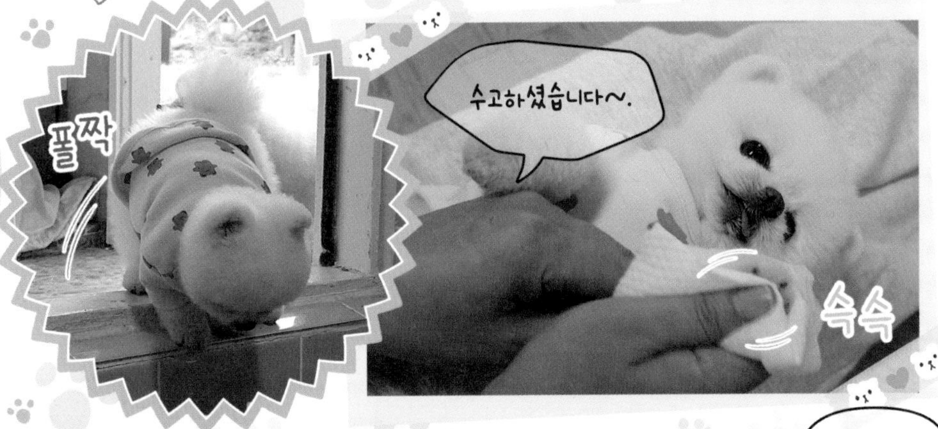
폴짝
수고하셨습니다~.
슥슥

발 닦아 죠.
힝…
루디도 들어와도
되는데….
발 더럽단
말이야.
루디는 퐁키가 발 다 닦을 때까지
밖에서 얌전히 기다리고 있었어요.
문턱까진 괜춘

더 이상 직진 불가
들어와도 돼.
괜찮아.
안 돼?
발 닦아 줘?
끝까지 체통을 지키는
루디
언니 이해 불가
퐁키
깨끗하게
닦아 주세요~.
노느라 피곤한 시골 강아지
루디가 많이
피곤했구나?
쓱싹
쓱싹
그럼 들어와서
쉬지. 졸렸어?
ZZZ
일주일 뒤
나 불러떠?
루디~!
오잉?!
후다닥
엄마
들어간다.
밖에서 기다리던 루디는 어디에?
급하면 그냥 들어오는 루디가 됐어요.

7. 내가 알던 네가 아냐 1탄

루퐁이네
8화
해돋이 보러
겨울 바다에 왔어요
루디
퐁키
루퐁이가
꽁꽁 싸맨 이유는?
엄마의 버킷
리스트인 루퐁이와
해돋이 보기
해돋이 보러
가자!
해돋이?
그게 머징?
내일은 드디어 해돋이 보러 가는 날이에요!
전에는 퐁키가 아파서 못 갔고,
이번에도 어렵구나 했는데…
다행히 퐁키의 건강이 허락해 줬어요.
지금 가는 건
아니야. 조금
자다가 가자.
쏘옥~
데려가.
말똥
말똥
퐁키 놓고
갈까 봐?
아니야~, 엄마
짐 싸고 있을 동안
얌전히 있자.
엄마 혼자 갈까 봐
불안하신 두 분 ㅋㅋㅋ
아가들~,
같이 갈 거야. 너무
걱정하지 마.

요지부동 퐁키
비몽
사몽
퐁키야~,
얼른 일어나.
가자!
일어나~.
가자.
흔들
흔들
지금?
졸린댕.
일어나라고 할 땐 꼼짝도 안 하더니
살랑
살랑
퐁키도
갈 거야?
당연하지!
아르릉~
갈 거야?
그럼
가자~!
루디야?
안 간다며?
가자!
엄마가 옷 입으니까 루디 궁둥이가 난리가 났어요.
아가들,
가자!
가자!!
짜
잔
해돋이 보러 갈 준비 끝!

동해 바다에 도착
해돋이 볼 생각에
설렘 가득
철썩
철썩
떴어?
떴어?
기대 중인 루퐁이
거기 안에
따뜻하지?
곧 해
뜨겠지?
조금 있으면
해 뜰 거야. 우리
같이 보자!
엄마…?
언제…
뜨지?
따뜻~
유모차 방석 밑에 핫팩을 잔뜩 깔고
타월로 덮으면 안쪽은 무지 따뜻해요.
무작정 해가 뜨기만을 기다렸는데
결국 해는 온데간데없고 아침이 밝았어요.

일출 명소가
괜히 있는 게
아니었어.
불그스름~
알고 보니 우리가 있던 해변은 산에 가려져
해가 안 보이는 곳이었어요.

동해 바다로 가면 어디서든 해를
볼 수 있을 줄 알았어요.
힝~,
아쉬워.
퐁무룩
어쩐지…
해변에 사람이
없더라니.
눈치를 챘어야
했는데….
루디씨,
쉬 하고 가자.
루디야, 너무
발 시려?
웃짜~!
발 시려….
슬쩍
해 뜨는 건 못 봤지만
괜찮아요!
우리가 지금 여기 함께 있을 수 있다는
것만으로 너무 행복해요.
벌떡
평소 눈밭에 앉아
사색을 즐기는 겨울 아이
루디
겨울 바다는 추운 듯
들썩
들썩
아구
추워라!

퐁키는 이런 와중에 잤나 봐요.
알럽 핫팩♥
나 깜빡 조는 사이에 해 뜬 거야?
흰눈과 바다 그리고 루퐁이
예쁜 추억 만들기
겨울 바다야~, 다음에 또 만나자.
해돋이야 뭐~ 다음에 보면 돼.
해는 매일매일 뜨는데 어때.
마자! 마자!
우리 얼른 가서 맘마 먹자.
먼 길 오느라 고생했어~. 빨리 집 가자.
벌써 돌아가?
해는 못 봤지만 추억 하나 더 만들어서 돌아가요.
얘들아! 저기 해가 있어! 해야~, 반가워.
해 보며 소원 빌기
우리 가족 모두 건강하길
집에 가는 길에 해를 만났어요.
아까는 세상 쿨한 척한 루퐁맘인데… 해 보이자마자 바로 내려서 소원을 빌었답니다.

8. 해돋이 보러 동해로~
드디어 때가 되었다!
우리 가족 해돋이 보러 출발!
아가들,
가자!
루퐁이와 설렘을 안고 도착한
바닷가. 조금만 기다리면 되겠지?
곧 해가 뜰 거야.
우리 같이 보자!
졸린데….
잉? 나 자는
사이에 해 뜬
거야?
앗! 이런! 우리가 기다리던
장소에서는 해돋이를 볼 수 없었어.
너희들, 무슨
소원 빌었어?
이모
많이 보기!
까까
많이 먹기!
해돋이는 보지 못했지만 우리 가족이
함께한 오늘은 엄마에겐 최고야.

루퐁이네

9화
루디

밤나무 숲에서 캠핑해요

퐁키

밤이 수북이 쌓인 길을 따라
캠핑장으로 가요.
수북~
루퐁이네 캠핑
밤나무 숲
기분 좋은 가족
캠핑장 들어가는 길
Hi~.

루디,
기분 좋아?
캠핑 조아!
밤이고 뭐고
캠핑 왔으니
기분은 좋다~.
호이짜

캠핑장 안쪽에도 밤이 한가득이에요.
루퐁맘은 밤을 별로 안 좋아하는데…. 루퐁이가 돌아다니다가
밤송이에 맞을까 무서워요.
얘들아, 조심해.
밤 맞아.
밤송이 맞으면
얼마나 아픈데~.
조심해.
투둑!
!!!
무서운 밤송이
마구 떨어지는 중
다람쥐에게 신고?!
퐁키는 사정없이 떨어지는
밤송이를 보고 놀랐어요.
깜짝
히익! 나
집에 갈래!
놀랐어? 퐁키
집에 갈 거야?
여기
위험행 ㅠ
가지 마~.
엄마가 주워
줄게.
엄마가 밤송이
다 주워 줄 거고 안전한
데에 있을 거야.
루퐁이를 안전한 곳으로 대피시켰어요.
아가들~,
여기에 있어.
부스스
여긴
괜찮겠지?
ㅋㅋㅋ
루디 엄청
멋쟁이네?
루디 모습에 웃음이
절로~
덕지
덕지
어디서 이렇게
멋을 부리고 온
거야?

밤송이 치우기
밤이 궁금한 루퐁이
밤만 따로 모아둠
저게 뭘까…?
엄마가 뭐 하는지 궁금한 루퐁이
가득~
밤송이 치우기 끝!
밤송이를 깨끗하게 치우고 루퐁이를 내려 줬더니
퐁키가 밤 바구니 쪽으로 왔어요.
먹는 건가?
킁
킁
관심
가득
밤이 궁금한 먹깨비
먹어 볼래!
아니야~, 못 먹는 거야.
그럼 엄마가 구워 줄까?
진짜~?
왕!!
왕!!
먹을 수 있왕!
엄청 딱딱한데?
방긋
그래!

군밤 만들기 시작
밤에 칼집 내기
장작 구해서 불 피우기
빠안
왜? 엄마가 퐁키 밤 훔쳐 가는 것 같아?
칼집 내는 거야. 밤 터지면 큰일 나.
엄마가 나뭇가지 주워 올게.
밤 다듬기를 끝내고 밤을 굽기 위해 필요한 장작을 구하러 가요.
벌써 불멍 시간인가~?
화르륵
장작과 마른 낙엽을 함께 넣고 불을 지피면 밤 구울 준비 끝이에요.

오~! 아주 그럴듯한 모습!
과연?
군밤이 잘 구워졌는지 루퐁맘이 먼저 먹었는데… 그 맛이…!
짠!
타닥
타닥
군밤… 뭔데 이렇게 맛있지?

일단 탐색
!!
꿀꺽
루디, 어때? 맛있지?
앙♡
뜨거우니까 호호~ 불어서 줘요.
크게 한입~
작게 한입~
달달해~.
냠냠♡
더 먹고 싶은데….
아쉽
끝! 나머진 엄마 거!
더 주세욧!
루퐁이가 밤을 먹으면 살이 찌니까 조금만 주려 했는데
잘 먹는 모습을 보니 자꾸 주게 돼요.
잘 먹었습니다~!
루퐁맘은 이날부터 밤을 좋아하는
사람이 되었습니다. ㅎㅎ

9. 엄마도 군밤 좋아해
밤나무 숲에서 밤을 구워 보자~! 캠핑 와서 밤 굽는 엄마.
이건 뭐야? 먹는 건가?
타닥
타닥
군밤이야. 금방 구울 테니까 기다려.
루디야, 맛이 어때?
나도, 나도!
역시 루퐁이는 밤도 잘 먹더라고.
맛있네~.
엄마는 원래 밤 안 좋아하는데….
더 먹으면 안 되나?
더 줘라욹!
안 돼. 이건 엄마 거.
루퐁맘이 루퐁이 주기 전에 살짝 먹었는데… 이게 무슨! 얘들아, 남은 군밤은 엄마가 먹을게. ㅎㅎㅎ

10화

할머니네 김장하러 왔어요

다 먹었어? 또 하나 줄까?
잘 먹는 루퐁이가 너무 예쁜지 할머니가 배추를 아낌없이 주시더라고요.
배추 더 주세요.
배추 과식 중
루디도 인정한 꿀맛 배추
끝날 줄 모르는 배추 먹방
냠
냠
그만 줘~!
아니, 그만! 그만!!
너무 잘 먹는 거 아니야?
배추 최고!
아삭
맛없는 건 절대 안 먹는 루디씨도 이날은 받아먹기 바빴어요.
강아지한테 너무 잘해 주지 말라던 할머니 근황 ㅋㅋ
자, 우리 퐁키도~.
아~
퐁키, 이제 그만~!
결국 엄마한테 연행
퐁키야, 산책하고 놀자.
후다닥
산책 말고 배추!
내리자마자 엄마한테 잡힐세라 할머니에게 냅다 뛰어갔어요.

퐁키야! 그건 지지!
캬아~, 꿀맛이다!
그만!
야금
야금
유기농 배추에 맛 들리신 분
그만할 리가 없죠…? 엄마의 맘마 협박도 통하지 않아요.
맘마 없어~
퐁키 오늘 저녁
냠냠 쫍쫍
퐁키 감금! 거기 있어.
둥!
두
먹어서 나가지 뫃~.
알았지? 엄마 이제 일해야 해.
엄마에게 연행되어 배추 감옥에 갇힌 퐁키
퐁키야!
해맑
감옥마저 먹어 치우는 너란 녀석!
안 되겠다.
이거 하나만 더 먹고!
냠
냠
여기서 기다려.
빠안
힝~.
결국 박스로~

루디,
뭐 하니?
루디야? 이게
무슨 일이야!
오늘따라
왜 이리
마시찌~?
쫍
쫍
야금
야금
믿었던 루디마저 땅에 떨어진 배추를 먹더라고요.
평소에는 떨어진 건 먹지도 않았는데….
루디도 감금!
억울해? 그러길래
누가 배추를 훔쳐
먹으래?
억울
억울
루디씨도 박스 신세
서걱
서걱
루퐁이 박스에 두고
엄마 열일 중….
엄마
너무 힘들어!
낑
낑
끝이 안 보이는 배추 지옥
조금만 한다더니
300포기
지난 김장철에는 퐁키 건강이 안 좋아서 시골에 못 왔어요.
작년에 못한 것까지 루퐁맘이 도와드리기로 했어요.

배추 아니고 루디
할머니 옆에 있어~.
배시시
줄게. 기다려~.
꿀꺽
루디도~. 너무 큰가?
냠
루퐁이가 너무 예쁜 할머니
루퐁맘이 잠시 자리를 비웠더니 할머니가 루퐁이에게 몰래 배추를 주고 있었어요.
아삭
맛있어? 엄마 없을 때 많이 줄게~.
루디가 이렇게 많이 먹는 건 첨 봤어.
그만 그만 그만!
끝!
그만 줘?
계속되는 루퐁이 배추 먹방에 결국 후다닥 달려왔어요. 오늘 루퐁이는 배추 먹다 하루 끝!

10. 루퐁이 배추 먹방의 날

★루퐁아, 까까 먹을까?★

몸보신에는 역시 삼계탕

더위에 지친 루퐁이에게 삼계탕으로
몸보신을 시켜 주려고요.

맛있는 냄새에 기웃거리는 루퐁이
때문에 맛보기 고기 살짝~

완성된
하트 품은 백숙

기다리는 루퐁이가 너무 짠해서
일단 고기부터 먹일게요.

내일
또 먹자!

고기 듬뿍 닭죽! 고기랑 죽을 같이 먹으면 맛도 2배!

너무 잘 먹어서
또 먹여야겠어요~!

루퐁맘 까까 레시피는 162쪽에서 찾아보세요~!

이사할 때는 역시 자장면

이사한 날에는 뭐다?
바로 자장면!

루퐁이와 재료도 함께~

밥 기운을 느낀 루퐁이가
주방으로 출동!

당근 시식으로 기다림을 달래 봐요~.

기다리는 루퐁이…
오늘은 전투력 급상승!

루퐁맘이 먹으란 말도 안 했는데 먹방 시작한 루퐁이!

루퐁이, 오늘도 잘 먹었습니다!

Chapter 2

우리 이제 시골에 살아요

11화 루퐁이 전원주택으로 이사 왔어요

오늘은 루퐁이가 집에 처음 오는 날이에요.
루디씨 자리는 햇살 가득한 창가
루퐁이 맞이할 준비 # 빠질 수 없는 웰컴 드링크와 웰컴 푸드
퐁키 자리는 주방이 잘 보이는 곳
루퐁이가 오기 전에 맛있는 간식을 집 이곳저곳에 놓아두었어요.
쪼르륵
물 준비
닭가슴살
낯설 수 있으니까 원래 쓰던 방석들도 곳곳에 두었어요.
간식을 찾아 먹다 보면 집에 좋은 이미지가 생기겠지요?
마지막으로 퐁키의 산소방에도 간식을 뿌려 주면 끝.
짠!
처마 밑 좋아하는 루디씨의 아지트가 될 곳
이제 진짜 루퐁이를 맞이할 준비 완료!

진짜 엄청 많이 신경 썼는데
루퐁이가 좋아해 줄까요?
두근
두근
루퐁이를 위한 공간으로
꾸며진 루퐁 하우스
웰컴 푸드를 찾아라

퐁키는 쏜살같이 달려가다가 간식을 지나치고
루디는 요리조리 둘러보다가 간식을 발견했어요.
어?!
멈칫!
오!
찾았다!
냠
냠

시작부터 야무지게 찾아 먹는
웰컴 푸드 ㅋㅋㅋ
루디! 간식은
귀신같이
찾네~?
또 있다!
쩝
쩝
거기 화장실~.
옳지! 옳지!
시크릿한
루퐁이 화장실
간식 찾느라 무서운 줄도 모르고
낯선 화장실 개시

언니! 거기
까까 있어?

토끼야?
퐁키 왜 이렇게
신났어?
새집 최고!
깡총 깡총 깡총
신났네~.
남은 까까
없나?
킁킁
이미 루디가 찾아 먹은
빈 그릇

루디,
거기 들어가~.
사자 친구랑
거기서 같이 놀아.
알았지?
구경
더 하고~.
옳지!
옳지!
응! 아구
착해~.
루디는 아지트 실컷 구경하더니
바로 화장실도 찾아갔어요.

거기는 퐁키
아지트!
폭신
물도 먹고~.
꼼꼼하게
살펴보는
세입자분
응!
좋구만!
옳지!
찾았다!
퐁키 거!
루디, 소문
들었어?
퐁키야,
남겨 줄래?
냠 냠
간식 찾아서 루디도
산소방 앞으로 왔어요.
여기는 일명
퐁키 건강 지킴이방!
그래. 거기
퐁키 거~.
더 없나?
쿵
쿵
여기서
네블라이저도 하고
산소도 쐬고 하자.
알았지?

집을 짓고 루퐁이 맞춤 인테리어를 구상하느라
생각보다 힘들었는데… 루퐁이가 새집을 엄청
좋아하는 걸 보니 눈물 날 것 같았어요.
와아! 퐁키!
안 무서워?
전망
좋구만!
이거
따로 훈련하려
했는데….
풀썩
사… 살짝
무섭넹.
가장 공들였던 침실도
마음에 들어하는 것 같아요.
첫날이라 낯설어 할 줄 알았는데
빠르게 적응 중이에요.
루디? 무서운 거
아니야.
우리 겁쟁이들이
무슨 일이래?
헥 헥
퐁키야!
그만 뛰어.
힘들어!
지칠 줄 모르는
퐁키의 집들이
신났어? 집이
마음에 쏙 들어?
응응!
그럼~.
엄마가 얼마나
심사숙고했는데.
우리 행복하게
살자.
루퐁이와 앞으로 행복하게
잘 살자고 다짐했어요.

루디는 집 구경이 끝나고 알아서
자기 자리를 찾아가 쉬어요.
편안~
여기 좋은데?
바깥세상 구경 중~
아직 구경이 안 끝난 퐁키는
언니한테 박치기하고 갈 길 가요.
뭐지?
?
저벅
저벅
햇살이 너무
많이 들어와?
삐질
쪼끔 덥넹~.
엄마가 커튼
달아 줄게.
여기가 퐁키
자리 같아?
어떻게 그렇게
잘 알아?
역시! 루디와
퐁키는 엄마 손바닥
안이야.
엄만 다
알고 있지.
그새 퐁키도 구경을 끝내고
입주 완료했어요.
루퐁이 찐 시골살이 시작
취향저격 루퐁 하우스
얘들아,
오늘부터 여기가
우리 집이야.
루디, 퐁키!
엄마랑 오래오래
행복하게 살자.
루퐁이의 해피 라이프는 계속됩니다!

11. 루퐁이의 구했다 홈즈! 1탄
따라라라라라~♪ 의뢰견님들의
취향을 고려한 최적의 집입니다.
두근
두근
웰컴 푸드를 곳곳에 준비하여
의뢰견님들이 낯설지 않게 하였고요.
오호~!
냠
냠
깡총
깡총
맘에 들어!
넓고 쾌적한 거실은 종일 뛰어다녀도
피곤하지 않게 꾸몄습니다.
여기 좋은데?
햇살을 만끽하시라고 큰 창도
설치했습니다. 자! 계약하시죠.

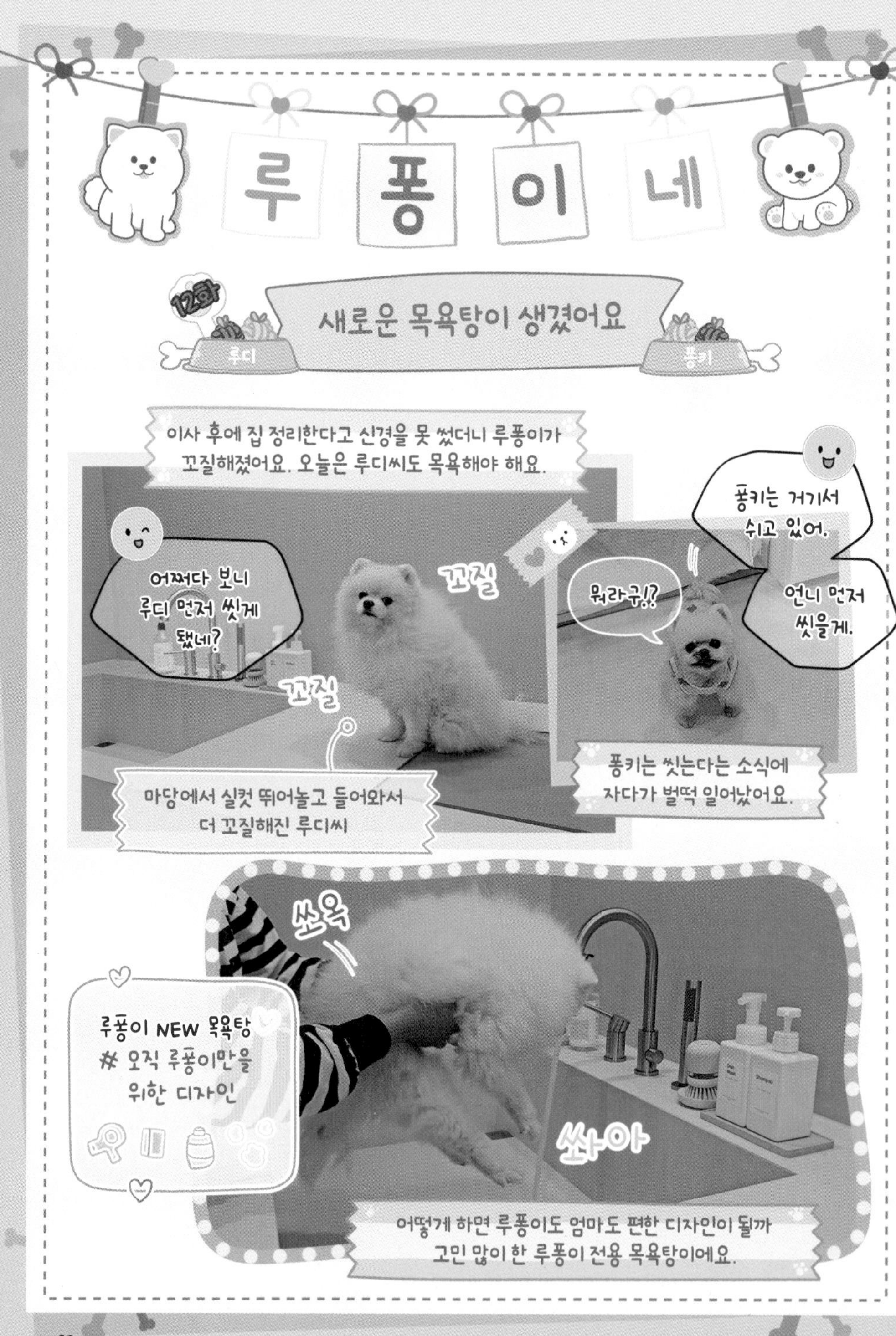
루퐁이네
12화
새로운 목욕탕이 생겼어요
루디
퐁키
이사 후에 집 정리한다고 신경을 못 썼더니 루퐁이가
꼬질해졌어요. 오늘은 루디씨도 목욕해야 해요.
어쩌다 보니
루디 먼저 씻게
됐네?
꼬질
꼬질
마당에서 실컷 뛰어놀고 들어와서
더 꼬질해진 루디씨
퐁키는 거기서
쉬고 있어.
뭐라구!?
언니 먼저
씻을게.
퐁키는 씻는다는 소식에
자다가 벌떡 일어났어요.
쏘옥
루퐁이 NEW 목욕탕
오직 루퐁이만을
위한 디자인
쏴아
어떻게 하면 루퐁이도 엄마도 편한 디자인이 될까
고민 많이 한 루퐁이 전용 목욕탕이에요.

첫 목욕 개시
과연 루디의
반응은?
조물
조물
퐁키, 이제
목욕탕 못 들어와서
어떡하지?
너무 높은데?
욕조
어디 갔어!
?
퐁키
둥절
퐁키는 물소리는 나는데 욕조가
안 보여서 어리둥절한가 봐요.
루디씨 목욕은 순항 중
따끈~
루디~,
따뜻해서
좋지?
퐁키는 자기 안 씻긴다고
화풀이 중이에요.
오 옭! 옭! 옭!
왜? 퐁키 누구랑
싸우니?
퐁키야,
누구한테 또
시비 걸어?
뭐 보고 자꾸
짖어?
코쓱
머쓱
마당에 아무도 없는데 짖으면
조금 무서울 때가 있어요.

루디씨는 원래 욕조를 딛고 올라가 서 있어야 하는데 오늘은 얌전해요.
루디야, 여기 편하지? 그렇지?
쏴-
엄마도 엄청 편해.
새 목욕탕이 아직 낯설겠지만 일단은 합격인 것 같아요.
조물
조물
뿔 났네?
이제 헹굴 차례예요. 어떻게 알았는지 루디가 대야에 몸을 담궜어요.
쏘옥
오~, 대단한데? 이러면 또 엄마가 감동하지.
얼른 씻고 나가자.
쏴아
나 끝났써?
응! 다했네.
방
긋
꼼꼼하게 거품을 헹구면 루디씨 목욕 끝!

읏차!
씻고 바로 옆으로 이동
씻는 공간과 털 말리고 빗는 공간이
같이 있었으면 하는 마음에
쓱싹
쓱싹
진짜 목욕
끝!!
루퐁이 욕실을 만들었어요.
정말 편하고 대만족이에요.
공포의 드라이 시간
뜻밖의 루디씨
털 뽐내기
고마안~!
크아아와앙
어…
엄마~!
루디씨가 진짜 착하다고 느끼는 게 드라이가 싫으면
옆으로 도망갈 법도 한데 웬만해서는 움직이지 않아요.
힘들지만 절대 도망
안 가는 루디씨

습진이 생기지 않게 발도 잘 말려야 하는데
착한 루디씨도 발은 안 된대요.
앗!
위잉~
루디, 발
안 말릴 거야?
습진 생겨도
난 몰라!
그래도
싫은데….
슝욱
이제 그만~!
이제 그만해?
내려올 거야?
알았어. 루디씨,
낯설었을 텐데
고생했어.
마당을 얻고 체력을 잃은 퐁토끼
하루 종일
토끼처럼
뛰어다니더니
폼키야,
얼마나 피곤한
거야?
너무 놀았나?
마당이 생기고
만성 피로가
생겼어?
흠냐~
흠냐~
세수라도
하자.
더 이상
못 걷겠어.
못 씻어?
그럼 세수는
다음에 해.
퐁키는 기다리다가 지쳐 잠들었어요.
이쁜 얼굴에 눈물 자국이…. 엄마가 미안해.
씻고는 싶은데 피곤하대요.
이날 퐁키는 더 자고 나서 씻었답니다.

12. 루퐁이의 구했다 홈즈! 2탄

의뢰견님께서 편안함과 실용성을
강조한 목욕탕을 체험하셨습니다.

누구에게도 방해 받지 않을 높이와
크기는 보호자에게도 편하지요.

또한 씻는 공간과 털 말리는 공간이
나누어져 있어서 만족하실 겁니다.

모두를 만족시키는 새집. 세상에
단 하나뿐인 이곳으로 바로 입주하세요.

루퐁이네
13화
루디가 집을 나갔어요
루디
퐁키
루디? 나갈 거야?
언능 열어 쥬.
나가서 살 거야?
엄마가 밖에 텐트 쳐 줘야겠네.
문 열어 죠.
나가 노는 거 중독되신 분
요즘 루디는 밖에서 살고 싶은가 봐요.
히히~!
퐁키는 추우니까 옷 입고 나가자.
장착
완료
헤~, 따뜻해.
퐁키도 언니 따라 졸졸졸

처음 이사 왔을 때는 담장이 없었어요. 그때 루디씨가 매일 탈출해서 여기저기 다니면서 아무거나 주워 먹고…
탈출 못 하지롱~.
프로탈출러 루디를 위한 담장 설치 완료
아무 데서나 지렁이 샤워하고 다녀서 루디 잡으러 다니기 바빴어요.
퐁키는 언니 따라다니기 바쁘고 루디씨는 탈출 구멍을 찾느라 바빠요.
깡총 깡총
언니~!
오늘은 언니 껌딱지
언니, 뭐 행?
졸졸졸
루디, 탈출 못 해서 어떡하지?
왜 다 막힌 고야 ㅠ
나가는 길이 있을 거야!
킁킁
담장이 썩 반갑지 않은 루디씨
루디야~, 여기에다 예쁜 나무도 심고 꽃도 심어 줄게.

루디가 갑자기 짖길래 봤더니
유리창에 비친 자신을 보고 짖는 거였네요.
시골살이 하면서
루디가 달라진 점
첫 번째, 엄청 짖는다!
두 번째, 용감해졌다!
왕! 왕!
어?!
깜짝이야!
왕! 왕! 왕!
낯선 사람
아니야~.
저거
너잖아!

퐁키는 집에 들어가 쉬는데 루디는 지치지도 않는지
열심히 개구멍을 찾는 중이에요.
정원으로 꾸밀 공간
루디야,
저 바깥세상이
궁금해?
킁킁
오? 루디~!
루디 맞아?
너 낯설다?
???
넓은 마당으론 부족한
자유로운 영혼
루디가 이 통로는 잘 못 지나갔는데
이제는 용감하게 다녀요.

못 나가지롱~!
아직 대문 설치 전이라
임시로~
못
나간다니까?
두리번
두리번
빈틈이 있을
고야!
프로탈출러 루디 때문에 대문 자리는
울타리로 일단 막아 뒀어요.

탈출구가 없어서 루디가
실망했나 봐요.
자유를
잃었어?
루무룩
루디, 바람 다
쐬면 들어와~.
루디 언니
이해 불가
퐁키야,
언니는 밖에서 살고
싶나 봐.
우리는 좀 쉬고
있자.

잠시 뒤
잉? 루디씨?
텅~
어디 갔지?
꼬꼬들 만나러
갔나…?

여기저기 찾아다니다가 혹시나 해서
할머니 화원에 가 봤더니
루디야!
할머니 보고
싶었어?
왜 여기
있어?
잘못한 걸 아는지
눈치 보는….
할머니한테
문 열어 달라고
해야지.
엄마,
미안~.
화원 앞에 있었어요. 할머니가
많이 보고 싶었던 걸까요?

사실 화원에 가 있었던 것보다 더 놀라운 건 루디가 이 울타리를 넘었다는 거예요.
이제 여기가 우리 집이야.
또 탈출이라니… 루디씨 대단하다!
우당탕탕 시골살이
엄마가 알던 루디가 아닌 것 같은 하루하루
거기가 어디라고 혼자 가?
저걸 어떻게 뛰어넘었어?
쓱싹
쓱싹
요즘 루디에게 "너 누구야? 우리 루디 어딨어!"라고 물어보곤 해요.
쿨~.
얼마나 찾았는지 알아?
스륵
잔소리하면 자는 척하는 건 퐁키한테 배운 건지….
이제는 대문이 없으면 안 되겠어요. 루디는 하루 종일 밖에서 놀더니 눈이 왕피곤해졌네요.
아웅, 귀찮웅.
루디가 엄청 용감해졌어. 대단하다~!
시골이 체질인 강아지

13. 내가 알던 네가 아냐 2탄
루디씨가 마당에서 놀다가 탈출 구멍을 찾고 있더라고. 나가고 싶나?
루디야, 저 밖이 궁금해?
쿵 쿵
갑자기 사라진 루디씨. 설마 했는데 이 높이를 넘어갔을 줄이야.
두둥!
급하게 루디를 찾으러 갔는데, 할머니 화원까지 와 있더라고.
흥…
루디야! 걱정했잖아.
할머니 보고 싶었어?
거기가 어디라고 혼자 갔어.
다시는 그러지 마.
스윽
울타리도 뛰어넘는 루디 때문에 어서 빨리 대문 달아야겠네.

14화

드디어 꼬질 강아지에서 탈출했어요

루퐁이 새 욕조를 보시고 이제 퐁키 자진 입수 못 보는
거냐며 아쉬워하는 랜선 집사님들이 계셨어요. 그러나!
스윽
이게 얼마
만이야~?
내 말이~!
방
긋
퐁키는 과연
낯선 목욕탕에서도
자진 입수를?
프로목욕러
퐁키가 쓰던 욕조가 들어갈 정도로 크답니다.
퐁키의 소소한 행복인데 지켜 줘야죠~.
이제
씻어 볼까?
아직! 아직!
반신욕 조금 하고
씻을까?
알아서 자세도 척척!
도망갔어?
거품
귀신이닷!
뽀글
뽀글
반신욕 먼저 즐기고 씻어야겠죠~?
춥지 않아?
히터를 틀긴
했는데….
고맙♥
여유~
이제
씻을까?
퐁키가 추울까 봐 가제 수건으로
몸을 덮어 줬어요.

요즘 찬바람이 부는 마당에서 자주
놀아서인지 눈물이 많아졌더라고요.
주물
주물
손!
옳지~, 옳지.
잠방
잠방
눈물이 많아진 만큼 더 자주 닦아 줘야 했는데…
눈물 자국이 생긴 건 모두 엄마 탓이에요. 퐁키야, 미안해.
매일 세수를 해 주고 수시로 닦아 줘도 이미 털에
착색된 눈물 자국은 지우기 어려워요.
조물
조물
얼굴이
이게 뭐야~.
판다가 돼도
괜찮다면서!
스윽
새로운 털이 자라나길 기다리며 더 심해지지 않게
관리하는 게 최선의 방법인 것 같아요.
너 이거 빨간데
안 씻을 거야?
그만할랭.
단호
하지 마?
이따 세수는 따로
하자.
그만한다고 바둥바둥
읏차
옳지! 다했다.
아이고~, 착해.
목욕 끝!

또 누가 왔나 보다.
우리 퐁키 누구 오면 화풀이 하는데….
왕! 왕! 왕!
누가 왔옭?!
오옭옭!
몬데 그래!?
우렁찬 왕왕은 루디씨의 왕왕
퐁키 화풀이
루디는 제2의 견생 사는 중
나갈 거야? 깜깜한데 또 나가?
문 열어 줘~!
루디가 너무 안 짖어서 제발 표현 좀 하고 살라고 늘 말했었는데 지금은 그 말 취소해야겠어요.
무섭게 누구를 보고 짖는 건지….
할아버지께서 지나가셨나 봐요.
왕! 왕!
아무도 없는데 왜 그래?
도둑 들 걱정은 안 해도 되겠네.
집 다 지키고 들어와.
위잉~
루디씨가 집 지키는 사이에 빨리 퐁키 털을 말려야겠어요.
오랜만에 보는 샤방 퐁키
신속 뽀송하게 말리기
샤방~
퐁키! 너무 예뻐졌다~!
역시 씻고 살아야 해.

루디야, 얼른 들어와.
더 놀고 싶어.
아니야~!
루디, 퐁키 방금 씻었어~.
쿵
쿵
나두 잠깐 콧바람~.
퐁키는 못 나가. 지금 너무 추워.
대신 까까 먹자.
루디는 집 지키느라 수고했어.
오예에~! 배추!
냠
퐁키는 씻느라 고생했어.
천천히 꼭꼭 씹어 먹어.
야금
야금
이르케?
배추 엄청 좋아하면서 배추밭에 가자고 하면 이렇게 딴청 부려요.
내일은 배추밭 가자. 알았지?
딴청1
딴청2
...
귀차나.
가기 싫은 척하지만 가면 배추 먹고 뛰뛰하며 엄청 잘 놀 루퐁이
배추밭으로 출동!

14. 퐁키 목욕하는 날

오늘은 퐁키가 기다리던 목욕하는 날.
드디어 꼬질이 탈출인가?
퐁키, 씻을 거야?
당연하지! 얼른 가자!
올ㄹ!!
올ㄹ!!
새집에서 목욕은 처음인데
프로목욕러답게 잘 끝냈어.
이거쥐~!
따뜻
우리 퐁키, 예뻐졌네?
헤헷
오랜만에 보는 샤방한 모습.
엄마가 더 신경 쓸게.
아가, 씻느라 고생했어.
냠
냠
이제는 샤방샤방
퐁키로만 살자~.

겨울 아이에게 눈이 찾아왔어요

휘오오-
너무 고민돼? 눈을 뜰 수가 없어?
궁금한데 추워서 나올 수가 없어?
언니, 안 추어~?
슬쩍
밖에 나갔더니 생각보다 강한 눈보라에 루디가 당황했어요.
밖이 궁금하지만 거친 눈보라에 머뭇머뭇
눈은 그칠 줄 모르는데 루디씨는 호이짜 삼매경에 빠졌어요.
우리 루디 좋겠네? 루디 계절이 왔어.
추울 만도 한데 들어갈 생각 없니?
루디야! 추워! 얼른 들어와.
호이짜
코 안 시려워?
눈보라 vs 루디
정면 승부
과연 승자는?
눈을 보기만 해도 추워 느끼는 분
보기만 해도 추워?
추운 건 기분 탓…?
괜찮아. 집은 따뜻하잖아.
루디야, 발 안 시려워?
하나도 아… 안 시려….
콩! 콩!
발 시린데 안 그런 척하는 루디
진짜? 신났네~.

아이고~,
루디야 이것 봐.
두
둥
발에서 느껴지는
눈 산책의 여파
손은
괜찮아?
소옥
언니,
손 시려?
소형견에게 영하의 날씨는
위험할 수 있어요.
코는? 귀는?
밖에
너무 추워.
잡혀 와서
억울해?
따뜻~
그래서 산책할 때 옷을 입혀
주는 게 좋다고 해요.
심기
불편
매우 언짢아?
옷 입고 다시
나가자.
오~,
발 시려.
더 놀고
시푼댕.
기분 풀어~.
루디가 추울까 봐
그랬어.
왕 삐짐
칫!
나돈데!
무슨 말이야?
나 썰매견인 거
잊었어?
알았어.
여기 썰매견 하나
추가요.
썰매견의 자존심을
건들지 마라
썰매견 후손 루퐁이

영하의 날씨에도 나가 놀겠다는
겨울 아이 루디씨를 위해 신발을 준비했어요.
근데 오늘
영하야.
나가고
싶어어.
이제
문제 없겠다!
루디,
나갔다 와.
완전히 무장하고
다시 출격!
고장 난 루디씨
신발이 어색해서 잘 걷지 못하는 루디는
걸음마 연습을 하고 나가기로 했어요.
옳지~.
고장 나?
하나둘,
하나둘~.
뒤뚱
뒤뚱
어렵넹.
끙…
신발에 익숙해지면 눈 오는 날에
유용할 것 같아요.
이제 됐어!
퐁키, 만족해?
퐁키는
안 나갈 거니까
떨지 마.
퐁키까지
무장 완료(?)
비장한 루디씨
가자!
덜
덜
신발 신으니까
나갈 거 같고
그래?
신발은 차차 연습하기로 하고
오늘은 신발 없이 나가기로 했어요.

잠깐 사이에 눈보라가 더 세졌어요.
그래도 행복해하는 루디를 보니 이사 오길 잘했다 싶어요.
루디, 진짜 대단하다!
씬나~!
겨울 아이 루디씨
마냥 신남
퐁키는 줄행랑
쌔앵
루디야, 행복해?
진짜 겨울 아이네.
아무도 말리지 마!
이렇게 좋아하는데 어떻게 말려~.
그러거나 말거나~.
루디 얼굴에 눈 쌓인다!
눈과 털의 경계가 모호해지는 중
눈 맛도 보고
겨울 200% 즐기기
퐁키는 이해하기 어려운 루디의 눈 사랑
루디야, 돌아가자.
으~, 추워! 이제 그만 들어가.
엣취
맛있어? 눈 맛 어때?
히잉…, 더 놀고 싶은데 ㅠ
루디에게 들어가자고 얘기해도 못 들은 척
하길래 번쩍 들어올려서 집으로 들어왔어요.

진짜
썰매견이 맞네.
루디가 밖에서 눈 맞으며 놀고 들어올 동안
퐁키는 여전히 신발과 싸우고 있었어요.
덤벼라!
흔들 흔들
퐁키가 혼내
줄 꼬야!
더 놀자아~!
눈사람 돼.
루디야.
퐁키는 집에서
이렇게 노는 게
좋지?
나도 썰매견이지만
눈은 좀 싫다구.
따뜻한 거
최고!
발 젖은 것도 아직
안 말랐어~.
그렇게 놀고도 부족한 루디는
나가고 싶다고 문 앞에서 기다려요.
루디는 진짜
사람 같아.
응!
나갈 꼬지?
눈 구경하는 게
좋아?
너무 추우니까
조금 있다가
나가자.
너 그러다
발 얼어.
루디는 집에 들어오고도 하염없이 눈만 바라봐요.
아쉬워하는 루디를 위해 비장의 무기를 준비했어요.

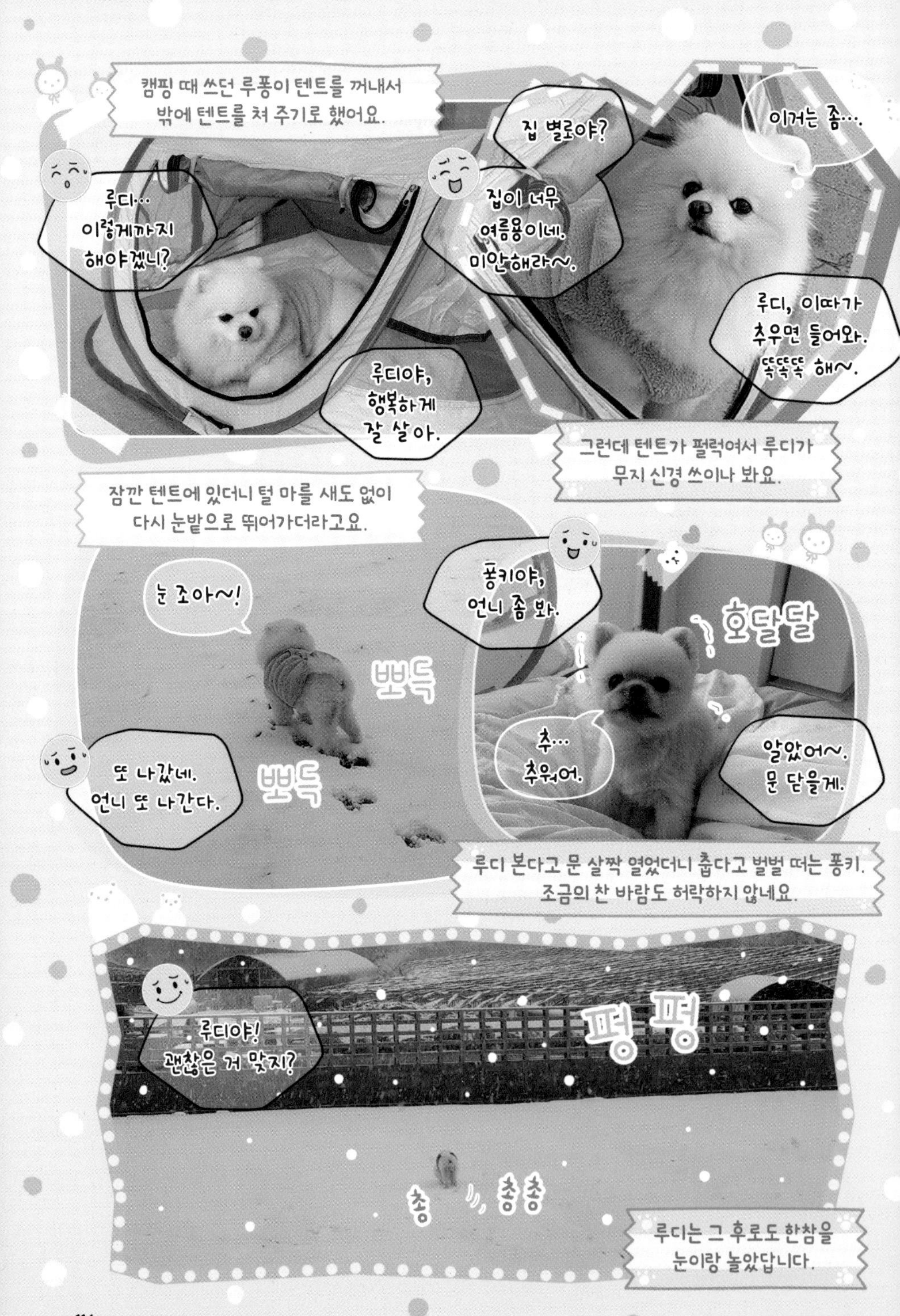

캠핑 때 쓰던 루퐁이 텐트를 꺼내서
밖에 텐트를 쳐 주기로 했어요.
루디…
이렇게까지
해야겠니?
루디야,
행복하게
잘 살아.
집 별로야?
이거는 좀….
집이 너무
여름용이네.
미안해라~.
루디, 이따가
추우면 들어와.
똑똑똑 해~.
그런데 텐트가 펄럭여서 루디가
무지 신경 쓰이나 봐요.
잠깐 텐트에 있더니 털 마를 새도 없이
다시 눈밭으로 뛰어가더라고요.
눈 조아~!
뽀득
뽀득
또 나갔네.
언니 또 나간다.
퐁키야,
언니 좀 봐.
호달달
추…
추워어.
알았어~.
문 닫을게.
루디 본다고 문 살짝 열었더니 춥다고 벌벌 떠는 퐁키.
조금의 찬 바람도 허락하지 않네요.
루디야!
괜찮은 거 맞지?
펑 펑
총 총총
루디는 그 후로도 한참을
눈이랑 놀았답니다.

15. 겨울 아이의 눈 사랑

루디야, 안 추워? 들어오지….
썰매견 후손에게 이 추위쯤은 별거 아냐!
루디는 눈보라가 치는 날씨에도 마당에 나가겠다고 하더라.
으~, 차가워!
더 놀고 싶은댕.
보는 엄마가 추워서 루디를 데리고 왔는데 계속 나가고 싶대.
언니 또 나간다~.
눈 조아!
뽀드득
뽀드득
결국 털 마를 새도 없이 다시 눈밭으로 뛰어나갔어.
난 이렇게 추운데, 언니는 자꾸 나가?
호달달
퐁키는 문만 열어도 춥다고 하는데, 루디씨… 정말 안 추운 걸까?

루퐁이네
16화
용맹한 강아지가
오이를 노려요
루디
퐁키
할머니가 여행을 가셔서 오늘은 할아버지와
함께 점심을 먹기로 했어요.
잠깐 기다려.
샌드위치 먹고
오이 줄게.
할아버지와의
점심은?
맛있는 샌드위치
루퐁이와 오이
나눠 먹기
꿀꺽
할아버지
맛있겠다~.
왈!!
왈!!
엄마 밥 탐내는 먹깨비
오이
가져가서
먹어.
앙
루디도~.
냠
야금
야금
아삭
아삭
기다리라고 했지만
루퐁이에게 오이를 준 다음에야
점심을 먹을 수 있었어요.

할아버지 낮잠
주무실 시간
루디랑 꽁냥꽁냥
할아버지는 매일 낮잠을 주무세요.
오늘은 주무시기 전에 루디랑 놀아 주셨어요.
토닥
토닥
루디도
할아버지랑
낮잠 자.
꽁냥
꽁냥
할아버지한테
왜 그래~?
퐁키도 오이 팩
할 거야?
오이라면
다 조아!
왕!!
왕!!
대답은
잘하네.
할아버지 젊어지시라고
오이 팩 해 드리려고 해요.
오이로
뭐 하는 겨?
오이를 노리는 사냥꾼
앞에서 오이 팩 도전
먹지 말고 피부에
양보할 오이
이게 모야!
내 오이!
왕!!
왕!!
스윽
과연 용맹한 강아지는 무서운 할아버지에게서
오이를 사냥할 수 있을까요?
이제 할아버지
얼굴 하얘지겠다~,
그치?
할아버지 얼굴
하얘지세요~.
우리처럼?

용맹한 강아지는 역시 고민도 없이
덥석 오이를 물어요.
덥석
폼키! 나와!
오이 줍줍 퐁키
낼름
아니, 아니,
아니야!
이놈~.
뻔뻔
안 무서워!
할아버지가 "이놈" 하면서 겁을 주지만
바로 옆에서 여유로움까지 보여 주는 퐁키예요.
퐁키,
이제 그만!
척
아앙
몇 번 먹더니 매우
과감해진 퐁키
이대로 두면 할아버지 오이가
남아나질 않을 듯 해요.
퐁키야~,
할아버지도
예뻐져야지.

나가자!
난 아직
부족한데?
할아버지 오이
사수를 위한 특단의
조치
퐁키와 마당으로
오늘 날씨 너무
좋다~!
콧바람
쐬면서 오이는
잊어버리자.
어????
호다닥
내려놓자마자 집으로
달려가는 퐁키
할아버지가
오이를 갖고 계셔?
할아버지!
문 좀 열어
주세요!

퐁무룩
할아버지도
예뻐져야지.
내 오이 ㅠ
우리 집 지어
주시느라 얼굴이
까매졌어.
두고 온 오이가 계속해서
아른거리는데….

문이랑 최대한 멀리 둬도
내려놓기가 무섭게 또 냅다 뛰어요.
할아버지~!
언제 할아버지를
그렇게 찾았다고?
폴짝
폴짝
오이~~!
달칵
들어가,
들어가! 졌다,
졌어.
할아버지
가셨지롱~.
쿵쿵
한발
늦었따….
쿠
궁
퐁키가 오이 자꾸
훔쳐 먹어서 할아버지
가셨잖아.
퐁키와 실랑이하는 사이에
할아버지는 이미 집에 가셨어요.
어디 궁둥이를
실룩실룩해?
뚱땅
뚱땅
오이를 향한 퐁키의
찐사랑
오이 뽀에버
호이짜
호이짜
할아버지가 안 계신 거 확인한
후에야 퐁키도 놀았답니다.

16. 오이는 양보할 수 없는 퐁키
할아버지에게 오이 팩을 해 드리려는데 나타난 오이 사냥꾼.
오이로 뭐 하능 거?
할아버지를 무서워하는데 웬일! 오이를 덥석 물어 버렸네!
퐁키, 안 돼!
마당에서 놀면서 오이는 잊어버리자.
오이
이대로 두면 할아버지 얼굴에서 오이가 전부 사라질 것 같아서 퐁키를 데리고 마당으로 나갔어.
오이 몬 머거떠 ㅜ
퐁무룩
무서운 할아버지 앞에서도 오이만 있으면 퐁키는 용맹해지는구나~.

동네 산책하다가 고라니를 만났어요

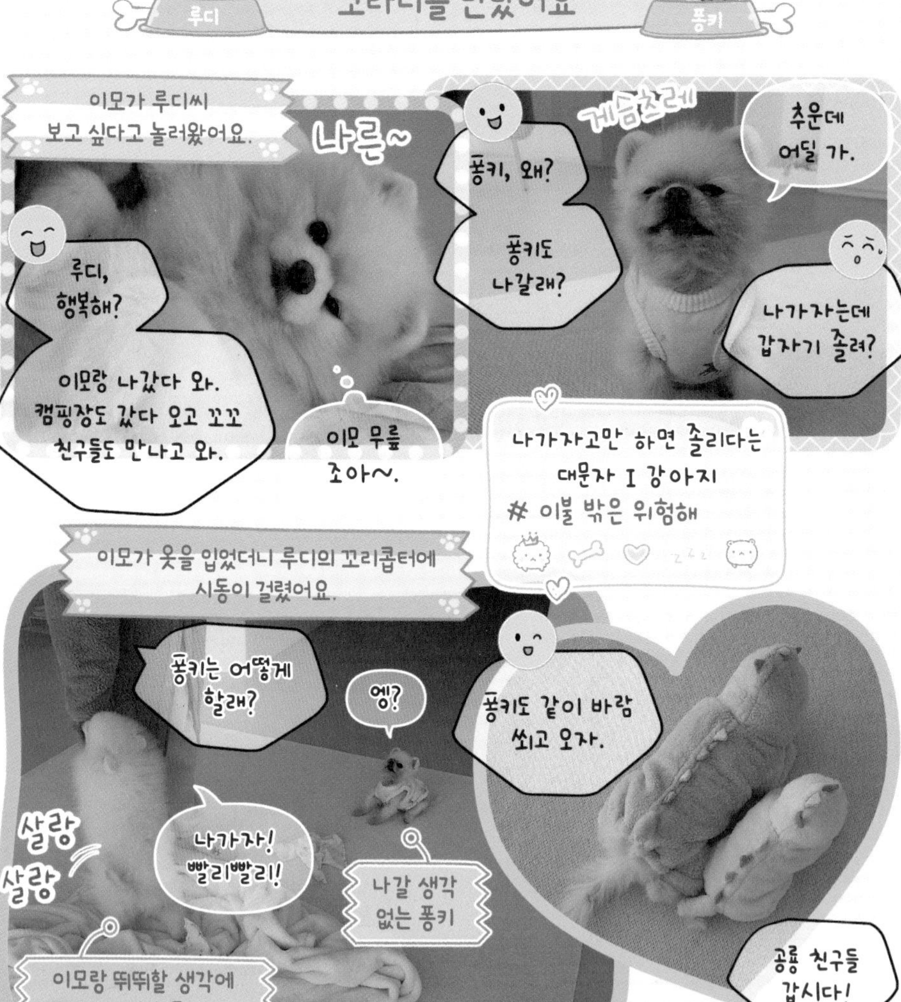

루퐁이가 신나게 뜯어먹던
배추밭에도 겨울이 왔어요.
루디야, 이제 배추들이 꽁꽁 얼었다.
킁킁
호이짜
이모와 함께 겨울 산책
루디씨 파워 호이짜
퐁키는 어디에
퐁키? 퐁키도 잠깐 내려와 볼까?
까꿍
스륵
음냐~, 음냐~.
아? 싫어~? 알았어. 자~.
아기 캥거루가 따로 없는 ㅎㅎ
퐁키는 따뜻한 엄마 품에서
나오기 싫은지 졸린 척해요.
루디랑 이모는 신나서 눈밭을 뛰어다녀요.
아무래도 이모가 더 신난 것 같아요.
루디야~!
히히히히

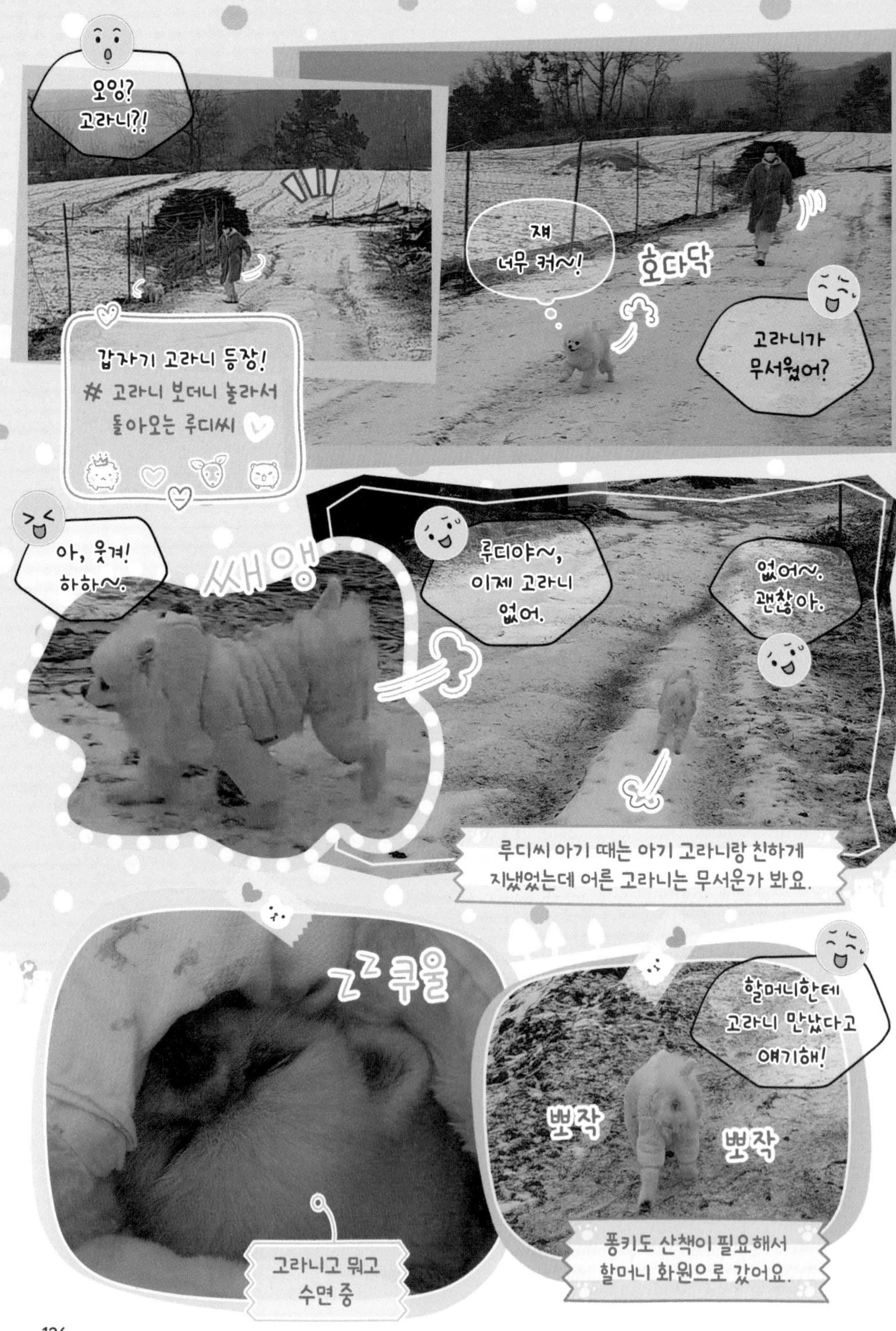
오잉?
고라니?!
재
너무 커~!
호다닥
고라니가
무서웠어?
갑자기 고라니 등장!
고라니 보더니 놀라서
돌아오는 루디씨
아, 웃겨!
하하~.
쌔앵
루디야~,
이제 고라니
없어.
없어~.
괜찮아.
루디씨 아기 때는 아기 고라니랑 친하게
지냈었는데 어른 고라니는 무서운가 봐요.
z z 쿠울
고라니고 뭐고
수면 중
할머니한테
고라니 만났다고
얘기해!
뽀작
뽀작
퐁키도 산책이 필요해서
할머니 화원으로 갔어요.

할미~,
루디 왔어요.
문 열어 주세요.
똑똑똑
다육이로 가득한
할머니 화원
할머니 취미 생활 공간
퐁키 산책 공간
퐁키는 잠깐
산책 좀 하자.
여긴
따뜻해.
따뜻
할머니 화원은 무지 따뜻해요.
퐁키는 여기에서 조금 걷다가 들어가기로 했어요.
공룡 친구~!
산책해.
멍~
자다 깨서
비몽사몽~
뿔뿔뿔뿔
그래.
산책도 하고~.
잘 뛰어다니는 걸 보니
이제 잠 좀 깼나 봐요.
할머니다!
오이
할무니이~!
호다닥
퐁키는 할머니를 보자마자
오이 주는 줄 알고 쏜살같이 달려가요.
기다려~.
이따 줄게.
지금! 지금!
올크!!
올크!!
당당하게
오이 요구

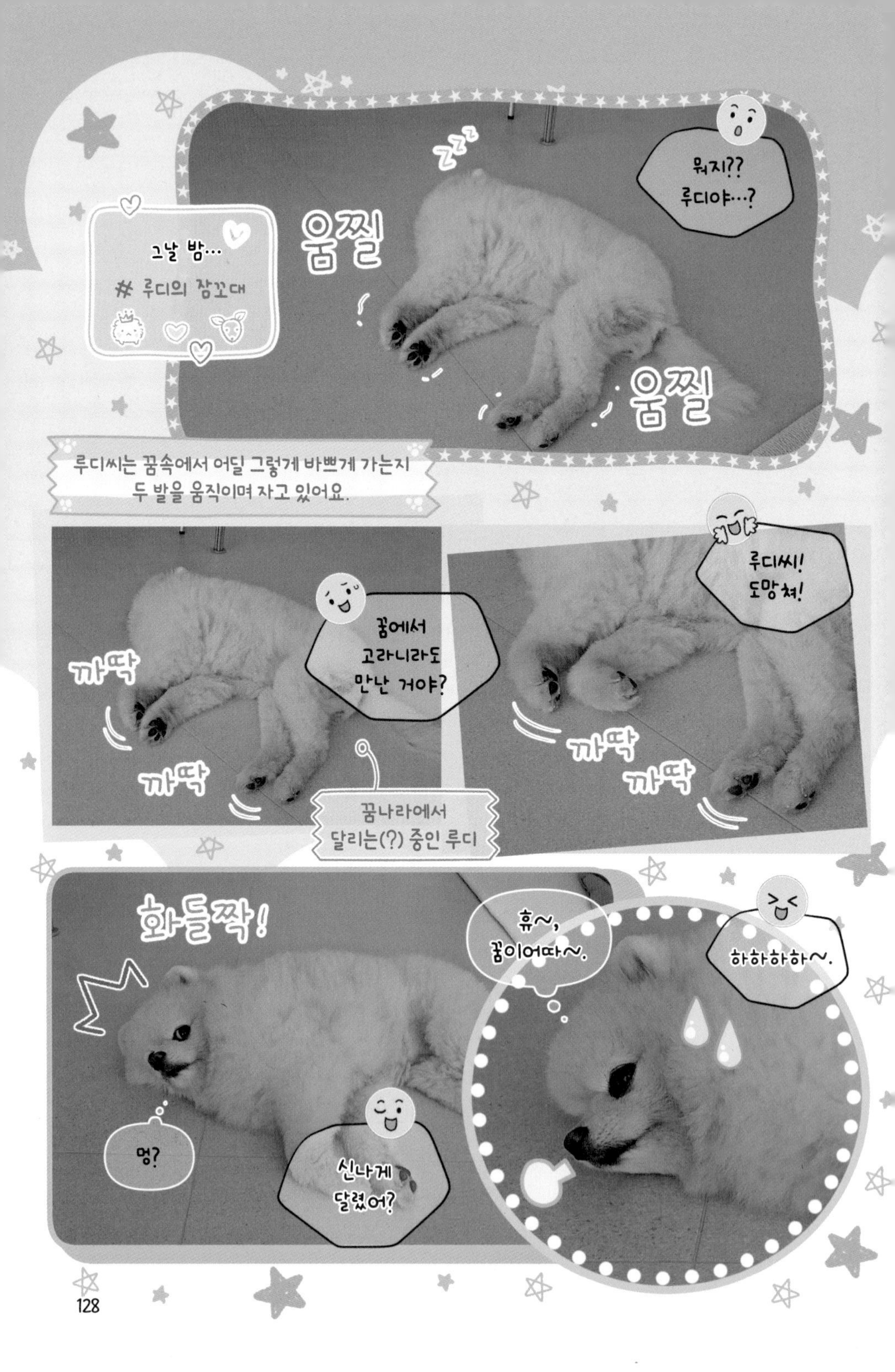
그날 밤…
루디의 잠꼬대
움찔
움찔
뭐지??
루디야…?
루디씨는 꿈속에서 어딜 그렇게 바쁘게 가는지
두 발을 움직이며 자고 있어요.
까딱
까딱
꿈에서
고라니라도
만난 거야?
꿈나라에서
달리는(?) 중인 루디
루디씨!
도망쳐!
까딱
까딱
화들짝!
멍?
신나게
달렸어?
휴~,
꿈이어따~.
하하하하~.

17. 고라니와 친해지길 바라

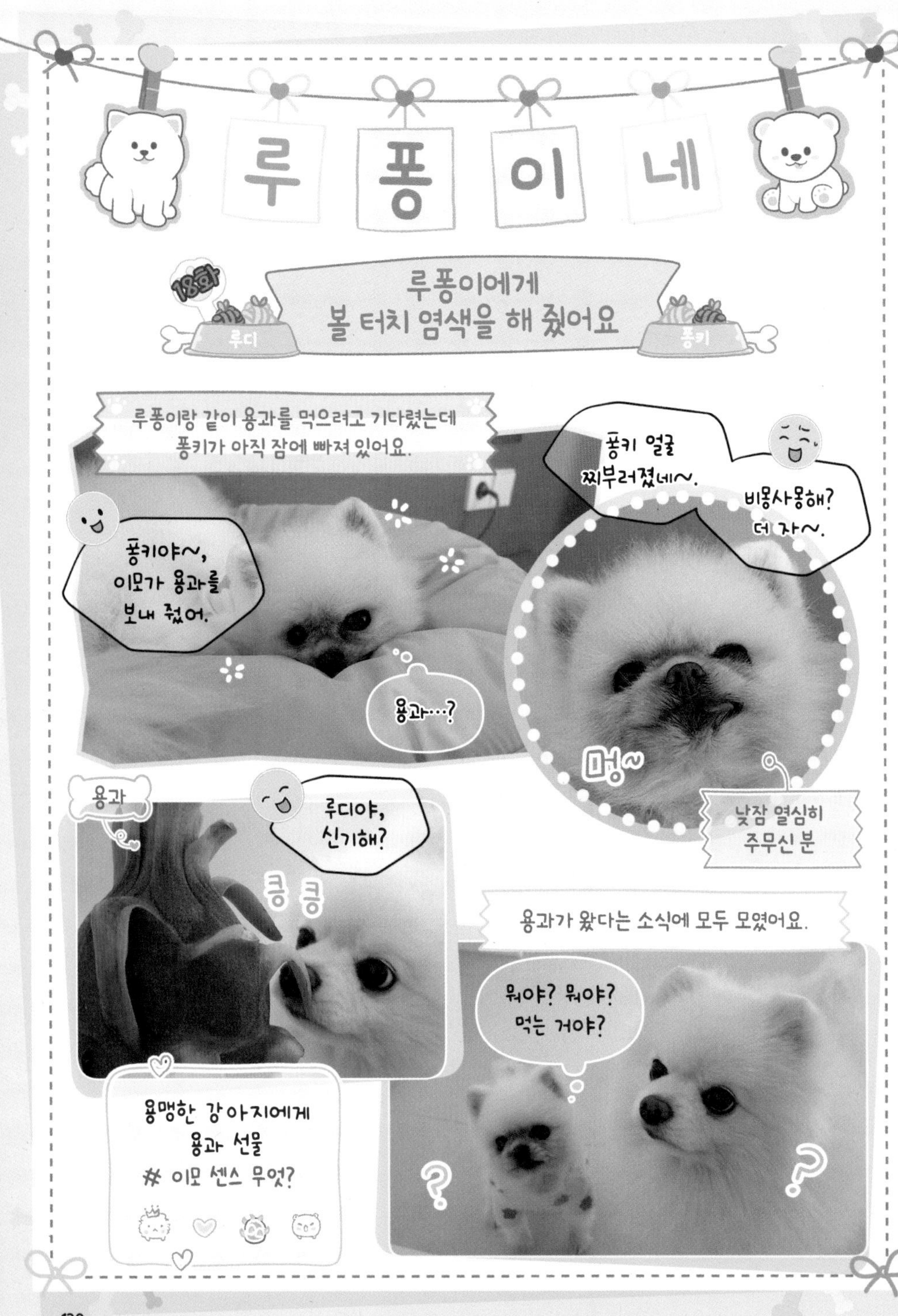

루퐁이네
18화
루퐁이에게
볼 터치 염색을 해 줬어요
루디
퐁키
루퐁이랑 같이 용과를 먹으려고 기다렸는데
퐁키가 아직 잠에 빠져 있어요.
퐁키야~,
이모가 용과를
보내 줬어.
용과…?
퐁키 얼굴
찌부러졌네~.
비몽사몽해?
더 자~.
멍~
낮잠 열심히
주무신 분
용과
루디야,
신기해?
킁 킁
용맹한 강아지에게
용과 선물
이모 센스 무엇?
용과가 왔다는 소식에 모두 모였어요.
뭐야? 뭐야?
먹는 거야?

폼키야,
이거 무섭게
생겼다!
용맹한 강아지는
무섭지 않지!
올!!
올!!
여의주를 문 용 is 용과
어디가 용?
어디가 여의주?
아~, 폼키가
더 무서워?
용이고 여의주고
맛있기만 하면 되지.
고럼 고럼.
폼키가 하도 흥분해서 껍질째
들이댔더니 진짜로 먹을 기세예요.
아작 아작
진짜 먹겠네.
잘라 줄게.
못 먹는 게 없는
강아지
용과를 반으로 잘랐더니 예상하지 못했던
강렬한 색깔에 감탄이 절로 났어요.
일단 맛보는 폼키
이게
용과구나~.
짜
잔
할
할
어머!
예뻐라!
아니야!
그릇에 줄게.
과육이 흰색일 줄 알았는데
너무 예쁜 빨간색이에요.

작게 잘라서 주면 분명 1초 만에 호로록 사라질 것 같아서
통째로 주기로 했어요. 퐁키가 핥아먹으면 오래오래 먹을 수 있겠죠?
용과 맛보기
용과가 안 땡기는 루디씨
이쪽저쪽 침 바르는 퐁키
할짝
할짝
퐁키야, 맛있니?
루디도 먹어 봐.
시큰둥
다 침 발라 놓기 없어!
이것도 내 꼬!
열심히 먹다가 갑자기 씹어 먹고 싶어졌는지 말똥말똥 쳐다봐요.
눈빛으로 말하는 중
씹는 맛이 없구나?
나는 씹고 싶따고… 잘라 줘엉!
루디가 안 먹는 바람에 얼떨결에
두 개 다 퐁키 차지가 되었어요.
먹는 법을 터득했어?
잠깐만! 엄마가 잘라 줄게~.
내 꼬야!
앙!
아야!
야금
야금
야무진 이빨로 파먹는 중
무는 척 위협해 보지만 타격 제로 이빨

착색이 장난 아닌
용과 1호

두둥!

허억!

아~!
이뻐라~.
루디야,
엄청 예뻐!
엄마…?
엄마만 신난
용과 화장품 놀이
볼 터치가
잘 어울리는 루퐁이
토토톡
발그레
너무
잘 어울리는데?
재밌어서 퐁키한테도
볼 터치를 찍어 줬어요.
톡톡
아구~!
이뻐라!
방긋
아냐~, 먹는 거
아냐.
둘 다 볼 터치가
아주 잘 어울려요.
용과는 할머니네 가져가서 같이
먹어야겠어요. 가기 전에 볼 터치는
씻어야겠죠?
잘 지워지지 않는
용과 1호
블러셔 2호 은은한
핑크빛
루디!
지워질 거야~.
괜찮아.
은은한 핑크빛이
이뻐! 이뻐!
귀욤
귀욤
내 볼따구….
우리 할머니네 집
갔다 올까?
용과 갖다
드리고 오자.
볼 빨간 강아지들과 할머니네 가서
용과를 맛있게 먹었답니다.

18. 루퐁 하우스 <용과 에디션>
처음 보는 새빨간 용과. 먹깨비 퐁키에게 못 먹는 것은 없다!
루디는 별로야?
시큰둥
퐁키는 잘 먹네.
할짝
할짝
배시시
입술이 예쁘네~?
얼마나 야무지게 먹었으면 퐁키 입 주변이 과즙 색으로 물든 거 있지.
예쁘게 해 줄게~!
톡톡!
퐁키 모습이 귀여워 시작된 엄마의 장난! 용과 화장품 놀이!
발그레~
루퐁 하우스 <용과 에디션> 블러셔를 소개합니다~.

새집에서 맞은 첫 생일이에요

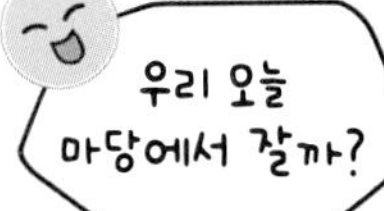

언제 이렇게
따뜻해졌어?
그치?

날씨
미쳐따!

따뜻해진 날씨
만끽 중인 루디씨

퐁키는 오늘 메뉴 때문에 놀 수가 없어요.
아무래도 퐁키의 관심을 돌려야겠어요.

항아리 치킨

퐁르마무

아니, 세 시간
동안 기다릴
거야?

루디씨 생일맞이
좋아하는 거 다 해 줌
항아리 치킨에
야외 취침까지

텐트를 펼치자 참견쟁이 퐁키가
바로 달려왔어요.

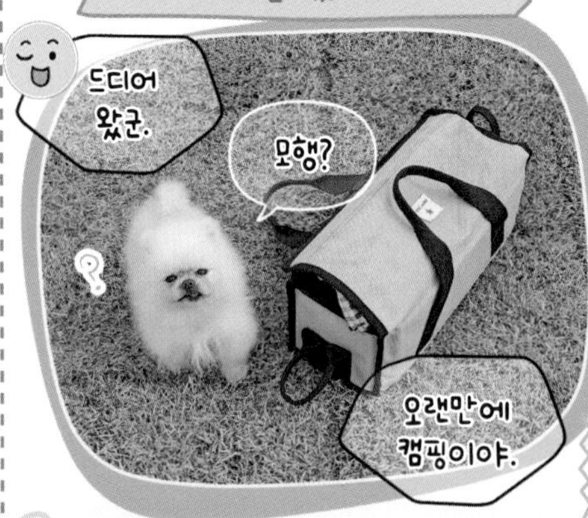

관리 감독하는
참견퐁

쿵쿵

어디 보자…
튼튼한가?

왜? 위험해.
저리 가.

마당 개가 꿈인 루디씨 소원을 이뤄 주기 위해
오늘은 우리 가족 모두 야외 취침이에요.

퐁키?
뭐 먹었어?
방금까지
입에 뭐가 있었던 것
같은데?!
시침
뚝!
아닌댕~.
텐트를 치고 있는 동안 퐁키가 엄마 몰래
돌을 먹는 사고를 쳤어요.
돌을
왜 먹어!?
지난번에 돌을 먹는 바람에 한바탕 난리가
났었는데…. 그때 생각이 나서 불안했어요.
텐트 안
힝… 들켰당.
감금!
여기 있어!
한시도 눈을
뗄 수가 없어.
저렇게 큰 돌을
먹으면 어떡하려고
그래?
할 말 업뜸….
혼나는 걸 아는지 갑자기
졸린 척해요.
퐁키!
진짜 혼난다?
흙을 먹질 않나!
돌을 먹질 않나!
꾸벅
아우~,
졸려.
꾸벅
혹시 퐁키가 돌을 삼키기라도 했으면
정말 큰일 날 뻔했던 순간이었어요.

걱정되는 마음에 퐁키를 데리고
집 안으로 들어왔어요.
진짜
안 되겠어.
엄마가 한눈팔
수가 없어.
한순간도 사고를
안 칠 수는 없는
거야?
힝~.
퐁무룩
못 살아, 진짜~.
풍선 빨리 불고
나가자.
생일 파티에
풍선이 빠질 수
없지.
엄마 화
안 내겠지?
푸우-
생일 파티 준비
퐁키와 함께
풍선 불기
오늘은 루디씨 생일이에요. 시간을
3년 전으로 되돌리고 싶더라고요.
둥실
6살이면
좋겠다….
둥실
다시 나가자.
돌 먹지 마!
마당에 돌을 다 치울 수도 없고….
퐁키가 돌을 먹으니 곤란해졌어요.

아니,
이게 뭐야~?
이런 걸 바란 게 아니었는데
너무나도 자유분방한 풍선들
스윽
폼키도 피해 가는
풍선 괴물
왉?!!!

아~,
이쁘다~.
샤랄랄라~
오늘 생일 주인공
루디씨
풍선 괴물
퐁키 vs 비눗방울

와아! 루디 너무
예쁘다~!
심드렁
루디,
생일 축하해.
막상 주인공은 심드렁 ㅋㅋㅋ
퐁키!
먹지 마!
싸우지 마!
안 나와? 다시
채워 달래?
왉 왉
왜
안 나와?
퐁키가 먹을 게 아니어도 뭐든 먹을까 봐
걱정이 되더라고요.

루디, 진짜
예쁘다!
반짝
반짝
오늘따라 더
천사 같은 루디
힐끔 힐끔
풍선 괴물이
무서움.
수상한 꼬리 포착
돌 찾는 중
엄마의 폭풍 잔소리
집중 모드 꼬리
이제 정말
안 되겠어!
오늘 말썽 피우는
날이야?
히잉…
얌
예상은 빗나가지 않아요.
또 돌을 찾아 씹고 있더라고요.
퐁키!
집에 들어가!
후우…
귀여우니까
봐 준다.
진짜
마지막이야!
또 졸린 척?
웅….
꾸벅
꾸벅
사진은 언제
찍는 건댕?
결국 퐁키의 불쌍한 꼬리 스킬에 넘어갔어요.
오늘만 특별히 봐 주려고요.
잘못만 저지르면
갑자기 쏟아지는 졸음

퐁다다닥

빙글

신난당~.

루디, 먹자!

루퐁이가 먹기 좋게 치킨을
찢어서 준비했어요.

언능 먹자!

올!!

올!!

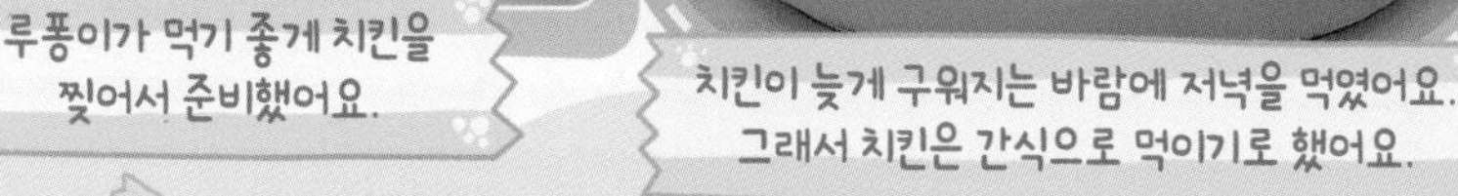

치킨이 늦게 구워지는 바람에 저녁을 먹였어요.
그래서 치킨은 간식으로 먹이기로 했어요.

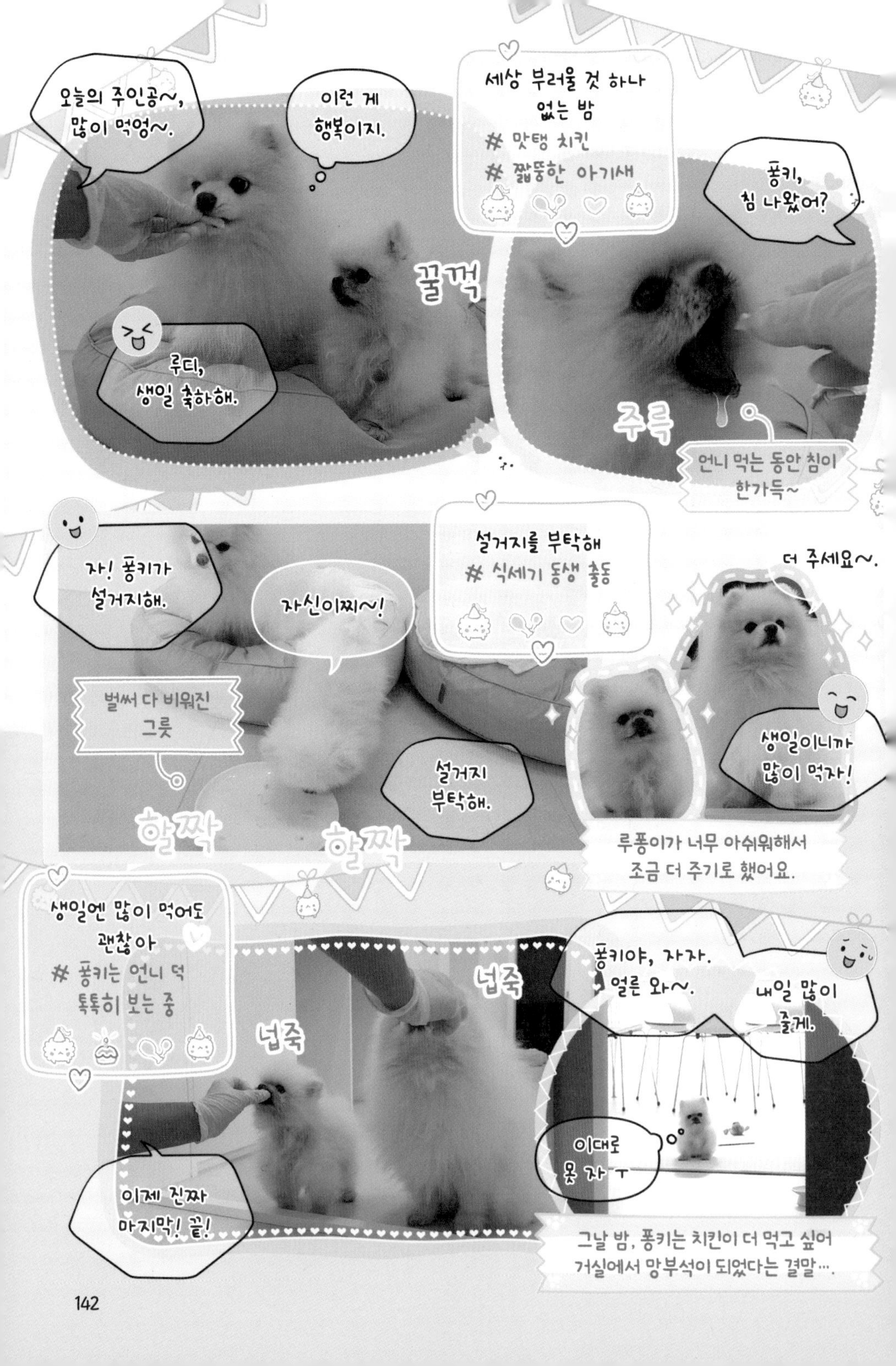
오늘의 주인공~,
많이 먹엉~.
이런 게
행복이지.
세상 부러울 것 하나
없는 밤
맛탱 치킨
짧뚱한 아기새
꿀꺽
루디,
생일 축하해.
퐁키,
침 나왔어?
주륵
언니 먹는 동안 침이
한가득~
자! 퐁키가
설거지해.
자신이찌~!
설거지를 부탁해
식세기 동생 출동
더 주세요~.
벌써 다 비워진
그릇
설거지
부탁해.
할짝
할짝
생일이니까
많이 먹자!
루퐁이가 너무 아쉬워해서
조금 더 주기로 했어요.
생일엔 많이 먹어도
괜찮아
퐁키는 언니 덕
톡톡히 보는 중
넙죽
넙죽
퐁키야, 자자.
얼른 와~.
내일 많이
줄게.
이대로
못 자 ㅜ
이제 진짜
마지막! 끝!
그날 밤, 퐁키는 치킨이 더 먹고 싶어
거실에서 망부석이 되었다는 결말….

19. 오늘은 루디의 날
오늘은 루디의 9번째 생일.
루디가 좋아하는 걸 해 주기로 했어.
루디야
생일 축하해~!
샤랄라~
루디씨
너무 예쁘다.
루디 기념 촬영을 하려는데 퐁키가
수상한 행동을 하더라고. 그건 바로!
찾았다!
시큰둥
오늘
말썽쟁이의
날이야?
또 졸려…?
꾸벅
꾸벅
돌을 찾아 먹고 있었지 뭐야.
루디씨 생일도 챙겨야 하는데
퐁키에게 눈을 뗄 수가 없었어.
생일에는 많이
먹어도 돼~.
엄마,
고마워요.
루디씨,
생일 축하해.
세상 착하고 어른스러운 루디씨.
엄마는 너의 시간이 천천히 흐르길 바라.

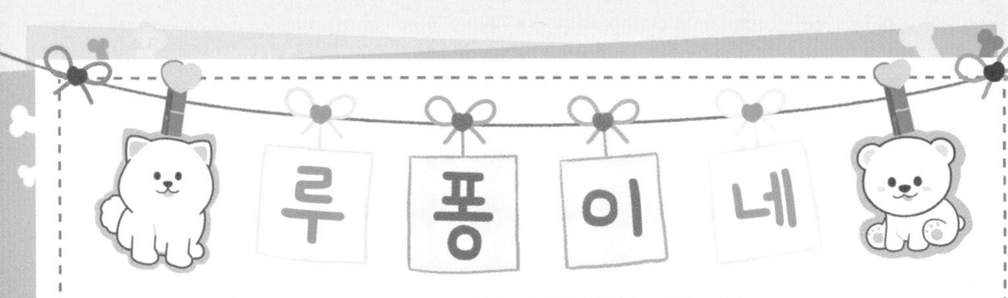

20화

시골에서도 다이어트는 계속돼요

퐁키는 엄마 일어나기만을 애타게 기다려요.
왜냐하면 아침 맘마 때문이죠.

AM 6:00

긁긁

남들보다 빨리 시작된
퐁키의 하루
모두가 잠든 새벽
엄마 깨우기 모드

일어나~!

으….

꾸욱

부지런한 강아지가 맘마를 빨리
먹는다고 생각하는 것 같아요.

맘마를 빨리 주면 좋겠지만 지금 주면
배가 빨리 고파져 저녁도 빨리 줘야 해요.
그러면 다음 날은 더 빨리 깨워요.

포기를 모르는 K-강아지는
1시간 넘게 이러는 중

퐁키야,
6시 반이야.

지금 이러면
이따가
힘들어져.

배고푼딩….

퐁키야, 5분만
더 자. 응?

힝…

밥 먹구 자면
안 대낭?

그래서 최대한 버티고 있어요.

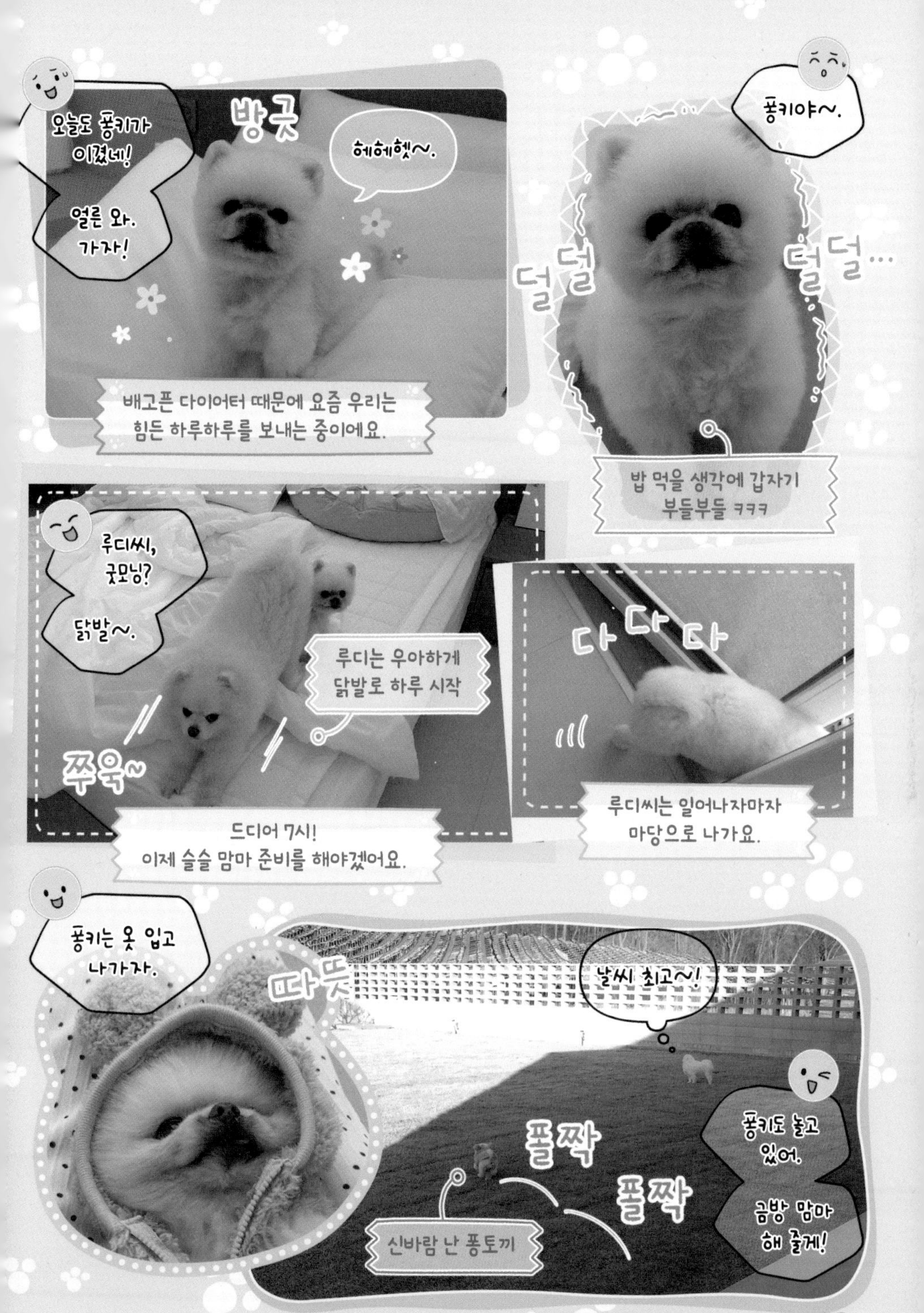
오늘도 퐁키가 이겼네!
얼른 와. 가자!
방긋
헤헤헷~.
배고픈 다이어터 때문에 요즘 우리는 힘든 하루하루를 보내는 중이에요.
퐁키야~.
덜덜
덜덜…
밥 먹을 생각에 갑자기 부들부들 ㅋㅋㅋ
루디씨, 굿모닝?
닭발~.
루디는 우아하게 닭발로 하루 시작
쭈욱~
드디어 7시!
이제 슬슬 맘마 준비를 해야겠어요.
다다다
루디씨는 일어나자마자 마당으로 나가요.
퐁키는 옷 입고 나가자.
따뜻
날씨 최고~!
퐁키도 놀고 있어.
금방 맘마 해 줄게!
폴짝
폴짝
신바람 난 퐁토끼

많이 먹고 하루 종일 신나게 놀아야 하니까
아침 맘마는 많이 준비했어요.

드디어 평화가 찾아왔어요. 그러나 몇 시간 뒤,
소화 능력이 뛰어난 편인 퐁키가 배고프다고 하는데…

퐁키야, 아직
3시도 안 됐어.
덜덜 떨지 마.
퐁키가 시도 때도 없이 배고파 해서
영양사 선생님께 여쭤 봤어요.
부르르
배고파.
엄마가 냉장고
문을 열고 아무것도
안 줬어. 그치?
노견은 하루 한 끼 급여하는 게 좋다는데
퐁키는 아직 아가인가 봐요.
퐁키야,
사과 먹으면
안 떨 거야?
우리 루디도
사과 먹을까?
아삭
아삭
사과 진정제 투여 중
야금
야금
선생님이 맘마는 하루 두 끼만 주고
점심에 오이나 사과 같은 채소를 주라고 하셨어요.
사과 덕분에 진동 모드가 해제됐네요.
저녁 맘마까지 남은 시간은 이제 3시간!
활짝
이제 좀
진정됐어?
사과 먹고
꿀잠 중 ㅎㅎ
zz
다행이네. 우리 남은
시간 잘 버텨 보자.
파이팅!

퐁키의 배꼽시계는
아주아주 정확해요.
번쩍
??
??
저녁 맘마 시간인 건 어찌 알고
자다가도 벌떡 일어나요.
아, 깜짝이야!
퐁키, 왜?
미끄러진다~!
쭈욱~
왜~?
갑자기?
맘마
먹어야지.
요리조리 다니며
맘마 신호 보내는 퐁키
맘마 달라는 퐁키 vs
더 재우려는 엄마
6시 반이구나.
조금만 더 자자.
퐁키가 밥 달라고 위험하게 책상 위를 돌아다녀요.
진짜 알람 시계가 따로 없네요.
너무 일찍 먹으면
배가 일찍 고프잖아.
그치?
시간은
지켜야지~.
빠안
맨날 우리 이렇게
전쟁이어야
해?
아니야! 아직
시간 안 됐어.
최대한 늦게 먹이려는 엄마와
배고픈 퐁키는 매일이 전쟁이에요.

밥 달라고
시위 중
초롱
초롱
그래도 오늘 좀
많이 버텼다.
루디는 안 먹을
것처럼 하더니
1번으로
기다리는 거야?
머쓱
나도 쫌
출출하넹~.
저녁 맘마는
루디씨가 제일
좋아하는 소고기
보글
보글
저녁 맘마가
뭐인 것 같아?
맞혀 봐.
킁킁
이 냄새는…
꼬기자나~.
퐁키는 또 다시
부르르르
덜덜
꼬기가
확실해!
누가 보면 우리 집
엄청 추운 줄 알겠어.
부들부들…
덜덜
기다리느라
고생했어. 맛있게
먹어~.
냠
냠

이렇게까지 했는데
살 안 빠지면
울 거야….
배고픔 참아가며 열심히
다이어트 중인 퐁키
운명의 시간이
왔군!
쪼금 부끄
과연 살이 얼마나
빠졌을까?
다이어트 전
몸무게는 1.5kg
괜찮아.
부끄러워하지 말고
올라가 봐.
비밀은
지켜 줄게.
오~? 40g
빠졌어!
두둥!
1.46kg
아무래도 결과가 마음에
안 드나 봐요.
아냐!
다시 다시!
긁
긁
왜 믿을 수
없어?
우리의 1차 목표는 1.4kg이에요.
그다음 목표는 1.3kg까지 빼는 거예요.
다이어트는
언제 끝나?!
40g 빠진 것도
엄청 대단한
거야!
역시 퐁키는
한다면 하는
강아지야.
으쓱
멋있으니까
거기서 자.
대단한
퐁키야~.
내가 쫌 멋있긴
하지. ㅎㅎ
다이어트는 조금 더 파이팅!
랜선 집사님들, 퐁키는 할 수 있어요!

20. 어느 다이어터의 하루

★Chapter 3★

작고 소듕한 우리는 루퐁이

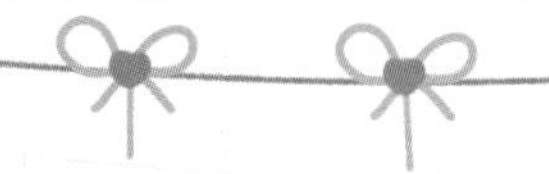

루퐁이 쇼츠 갤러리

퐁키가 따뜻한 물을 만나면?

보기만 해도 심쿵!

루퐁이 쇼츠 갤러리

코스튬 플레이 한 귀요미들이에요

두둥!
두두둥!
두두두둥!
처키도…
담에 또 하자!
루디가 하니
예쁘네?

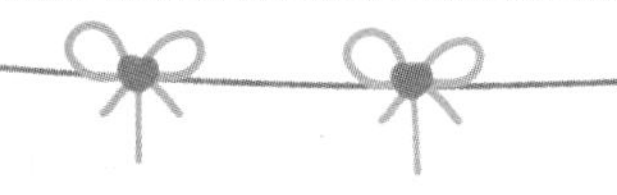

가만히 있어도 웃음 주는 너

할부지가 왜 나와?!

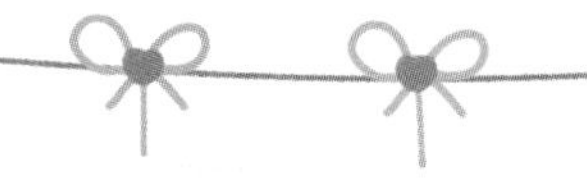

전루디~ 이래요래~

전퐁키~ 이래요래~

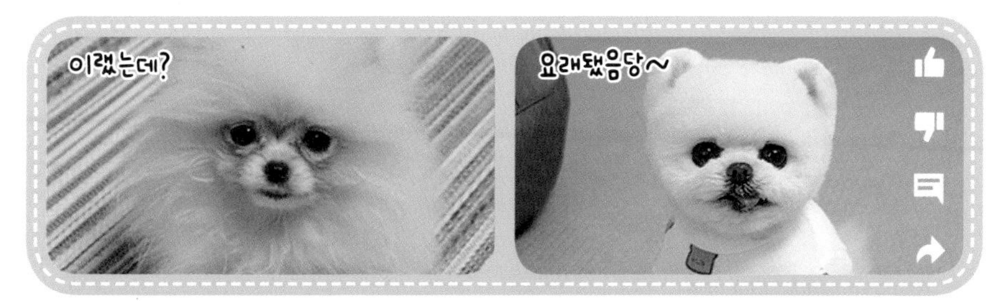

★초보맘을 위한 까까 레시피★

루퐁이네 특식 2가지 만들기

루퐁이 먹방에서 루퐁이가 맛있게 먹었던 〈강아지 삼계탕 & 닭죽〉과 〈강아지 자장면〉을 만들어 보아요.

출처: [THE SOY]루퐁이네 · Youtube

강아지 삼계탕 & 닭죽 만들기

재료

닭, 브로콜리, 파프리카, 감자, 표고버섯, 황태 채, 귀리, 병아리콩(당근, 무, 양배추 등 다른 야채도 가능)

만드는 순서

① 모든 야채는 작게 다져 주세요. 닭 배 속을 채우고 죽을 만들어야 하므로 야채의 크기가 작을수록 좋아요.

② 황태 채는 가시를 제거하고 하루 정도 물에 담가 염분을 빼 주세요. 그리고 이미 손질한 야채와 같은 크기로 다져 주세요.

야채 손질

염분을 제거한 황태 채 손질

③ 병아리콩과 귀리는 삶아서 찹쌀 대신 사용합니다.
※강아지가 찹쌀 가루를 섭취할 수 있으나
당뇨와 비만의 원인이 될 수 있어요.

④ 닭은 껍질과 지방을 제거하고 한 번 데친 다음,
준비한 재료를 배 속에 넣고 끓여 줍니다.
이때 준비한 재료를 다 넣지 말고, 남겨 주세요.

삶은 병아리콩과 귀리

※속 재료가 빠지지 않게 닭다리를 잘 묶은 후 끓여 주세요.

⑤ 속까지 익은 것을 확인했다면, 루퐁이네 삼계탕 완료!
※닭은 데쳐서 사용했기 때문에 다른 재료에 비해 익히는 게 오래 걸리지 않아요.
잘라서 넣은 감자가 익었는지 확인해 주세요.

⑥ 닭을 끓였던 육수에 남은 속 재료를 넣고 죽을 끓여 주세요. 이때 닭 살코기는 먹기 좋게 찢어서 같이 넣어 주세요.

루퐁이네 닭죽 완성!

강아지 자장면 만들기

재료

감자, 당근, 호박, 계란, 오이, 캐롭 가루, 두부면(나트륨 0%), 락토프리 우유 또는 강아지 우유, 닭가슴살(소고기, 오리고기 등 다른 고기도 가능)

만드는 순서

① 두부면을 끓여 주세요.
참고로 시판 두부면은 익힌 상태로 판매되기 때문에 오래 안 끓여도 돼요.
※만약 나트륨이 포함된 일반 두부면을 사용할 경우, 두부의 염분이 제거될 수 있게 조금 더 끓여 주세요.

② 두부면이 끓었다면 체로 걸러 물기를 빼 주세요.

③ 고기와 야채는 강아지가 먹기 쉬운 크기의 큐브 형태로 잘게 잘라 주세요.

면과 춘장 재료 준비 완료!

④ 우유에 캐롭 가루를 넣고 잘 풀어 주세요.
캐롭 가루를 넣으면 자장면의 춘장 색처럼 보이게 할 수 있어요.
※캐롭 가루는 초콜릿과 비슷한 맛과 향을 가졌는데 카카오에 있는 해로운 성분은 없고 단백질, 비타민, 섬유질이 풍부해서 좋은 간식 재료로 쓰여요.

우유 약 200ml에 캐롭 가루는 1큰술

⑤ 풀어진 캐롭 가루 & 우유 춘장에 손질한 야채를 넣고 끓여 주세요.

⑥ 야채가 푹 익었다면 고기를 넣고 다시 한번 더 끓여서 고기도 잘 익혀 줍니다.

춘장 완성!

⑦ 춘장이 완성되었다면, 자장면 위에 올릴 계란프라이를 만들어 주세요.
※강아지용 계란프라이를 만들 때 사용 가능한 오일은 올리브유, 코코넛오일이 있어요.
※소형견에게 계란 1개는 양이 많을 수 있으니 적당히 급여해 주세요.

⑧ 그릇에 면과 춘장을 담고 계란프라이와 오이를 올려 주세요.

루퐁이네 자장면 완성!

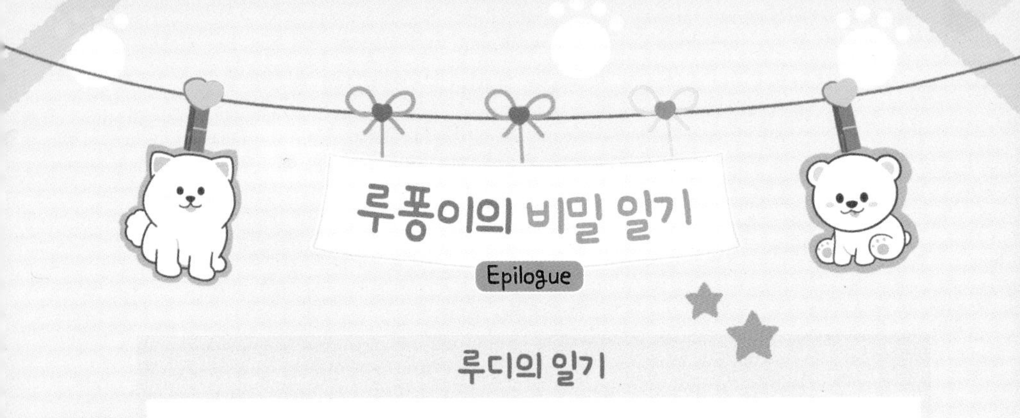

루디의 일기

이건 비밀인댕…

꿈에서 산책 때 만났던

크은 고라니랑 달리기 시합했따?

지고 있었눈데 엄마가 깨워서 다행이었떠.

퐁키의 일기

이건 비밀인댕…
내가 마당에서 주어 먹던 거는
까까를 달라는 나마네 표현이었다옭!
이건 다이어터의 슬픔이라구.

1판 1쇄 발행 2024년 8월 26일
1판 3쇄 발행 2025년 1월 10일

지음 | 루퐁이
구성 | 박지영(옥토끼 스튜디오)
감수 | 샌드박스네트워크
발행인 | 심정섭 **편집인** | 안예남
편집 팀장 | 최영미 **편집** | 조문정, 허가영 **디자인** | 권규빈
브랜드마케팅 | 김지선 **출판마케팅** | 홍성현, 김호현
제작 | 정수호

발행처 | (주)서울문화사
등록일 | 1988년 2월 16일 **등록번호** | 제 2-484
주소 | 서울특별시 용산구 새창로 221-19(한강로2가)
전화 | 02-791-0708(판매), 02-799-9186(편집), 02-790-5922(팩스
) **인쇄처** | 에스엠그린

ISBN 979-11-6923-945-5 (04810)

다음에
또 만나자!